KB190274

공황장애 정예린
스타강사를 꿈꾸다

공황장애 정예린
스타강사를 꿈꾸다

정예린 지음

뱅크북

들어가는 글

— 절망 속에서 피어난 용기

삼 일째다. 그러니까 딱! 삼 일째다. 삼일 연속 대전역 대합실을 찾아갔다. 한 번에 성공할 수 없는 도전이었다. 작심삼일, 오늘을 넘기고 싶지 않았다. 긴장감에 침대에 쓰러졌다. 왜 자꾸 무모한 도전을 시도하는지 나 자신을 책망하기도 했다. 그 순간, '솔개의 선택'이라는 유튜브 동영상이 지인을 통해 핸드폰으로 전송되었다. 동영상 속으로 강하게 빨려 들어갔다.

솔개는 새들 중 수명이 매우 길어 약 70~80년을 살아갑니다. 하지만 솔개가 그렇게 오래 살기 위해서는 반드시 거쳐야 할 힘겨운 과정이 있습니다. 솔개가 40년 정도를 살게 되면 부리는 구부러지고, 발톱은 닳아서 무뎌지고, 날개는 무거워져 날기도 힘든 볼품없는 모습이 되고 맙니다. 그렇게 되면 솔개는 중요한 선택을 해야만 합니다. 그렇게 지내다가 서서히 죽느냐 아니면… 고통스러운 과정을 통해 새로운 삶을 살 것이냐.

변화와 도전을 선택한 솔개는 바위산으로 날아가 둥지를 틉니다. 솔개는 먼저 자신의 부리로 바위를 마구 쪼기 시작합니다. 쪼고 쪼아서 낡고, 구부러진 부리가 다 닳아 없어질 때까지 쪼아 버립니다. 그러면 닳아진 부리 자리에서 매끈하고, 튼튼한 새 부리가 자랍니다. 그리고 새로 나온 부리로 자신의 발톱을 하나씩 뽑기 시작합니다. 그렇게 낡은 발톱을 뽑아버려야 새로운 발톱이 나오기 때문입니다. 마지막으로 새 깃털이 나도록 무거워진 깃털을 하나하나 뽑아버립니다. 그렇게 생사를 건 130여 일이 지나면 솔개는 새로운 40년의 삶을 살 수 있게 되는 것입니다.

인생을 살다 보면 많은 선택을 해야 합니다. 그런데 당신에게 필요한 것은 Choice 선택이 아니라 Decision 결정입니다. 중요한 변화를 위한 선택의 기회가 찾아와도 용기 있는 결정을 하지 못하면 아무것도 달라지지 않기 때문입니다. 당신에게 필요한 변화가 무엇인지, 무엇이 기회인지, 어떤 결정을 내려야 할지는 당신만 알고 있습니다. 그러나 그 결정으로 얻게 될 변화는 모두가 알게 될 것입니다. 당신의 결정은 당신의 미래입니다.

가슴에 쿵! 하는 울림이 전해져 왔다.
"왜 하필 이 순간, 이 동영상이 나에게…"
강한 날갯짓으로 높이 날아오르기 위한 결정을 내려야 했다.

"지금 나에게 필요한 건 용기 있는 행동뿐이야."
오늘의 도전을 이루어내지 못하면 평생을 후회할 것 같았다. 반드시 넘어서야 할 장벽이었다.

"더 높이 오르자."

침대에서 벌떡 일어났다. 스케일이 다른 무대다. 사람들이 꽉!
꽉! 들어찬 대전역 대합실. 수많은 인파로 웅성거리는 대전역
대합실은 목욕탕에 들어온 듯한 착각을 불러일으켰다. 캐리어
가방을 끌고 기차 도착 시간을 기다리고 있는, 이십 대 후반으로
보이는 여성에게 다가갔다.

"실례합니다. 제 핸드폰으로 동영상 좀 찍어 줄 수 있어요?"

자초지종을 설명했다. 흔쾌히 부탁을 들어주는 젊은 여성이었
다. 구세주라도 만난 기분이었다. 나의 청중이 되어 줄 인파 속
을 뚜벅뚜벅 걸어 나간다.

"안녕하세요."

수많은 사람들이 일제히 나를 바라본다. 분위기에 압도되어 뒤
로 한 걸음이 밀려났다. 심장이 밖으로 터져 나올 것 같았다.

'물러서면 안 돼.'

"죄송합니다. 내성적이고 소극적인 성격을 고치고 싶어서, 자

신감을 갖고 싶어서, 용기 내어 이 자리에 서게 되었습니다. 3분 정도만 제 얘기에 집중해 주시면 자신감을 갖는데 큰 도움이 될 것 같습니다."

이게 웬걸, 앞이 하얘져서 아무것도 보이지 않을 것 같았는데 그 것도 너무나 선명하게 나를 바라보는 사람들이 보인다. 앞자리 에 앉아 있는 사람뿐만 아니라 왼쪽, 오른쪽, 저 멀리에 서있는 사람들의 표정까지도 훤히 보였다. 예상하지 못한 상황에 당혹 스러웠다.

"웃음과 희망을 잃지 않는 여자, 꿈과 열정을 가지고 포기하지 않는 여자, 정예린입니다."

초집중을 해야 했다.

"사실 제가 공황장애라는 병에 걸려있습니다. 요즘 유명 연예인 들이나 일반인들도 많이 걸려있는 병입니다. 공황장애를 앓고 있는 사람들에게 희망의 메시지를 전하고 싶습니다. 공황장애 가 있어도 얼마든지 밖에 나오고 잘 살 수 있다고 말이에요."

'지독하다. 믿는다. 정예린…'

"오늘 하루 행복하지 않고 웃을 일이 없다고 해서 기죽어 있지 말고, 나 자신에게 너무너무 사랑한다고 칭찬 한번 해주세요. 여기까지 공황장애 극복을 위해 도전! 도전! 도전하는 정예린이었습니다."

"짝짝짝."
"짝짝짝."
"짝짝짝."

많은 사람들이 힘내라는 응원을 보내 주셨다. 특히 두 번째 줄에 앉아 있는 중년 남자의 공감의 고개 끄덕임과 묵직한 박수, 세 번째 줄에 앉아 있는 젊은 남자의 환한 미소와 격려의 박수를 잊을 수가 없다.

'감사합니다. 두고두고 잊지 않을게요.'

숨 막히게 두려운 대전역 대합실에서의 도전을 이겨냈다. 무모한 도전이었고, 강력한 도전이었다. 이런 담력이 나에게 있다는 사실이 놀라웠다. 도전하지 않았다면 알 수 없었던 또 다른 모습이다. 가혹할 정도로 나를 몰아간다.

***

인생의 절망 앞에서 눈물 흘리며 주저앉을 것인가? 변화와 도전을 통해 새로운 삶을 살 것인가? 새로운 삶을 살기로 난 결정 했다.

어두웠던 지난 과거와 공황장애가 아니었다면 한계에 부딪치는 도전들을 감히 행동으로 옮기지 못했을 거다. 절망 속에서 피어난 용기였다. 온몸으로 온 마음으로 세상에 부딪치며 처절하고도 아름다웠던 도전기….

나의 변화와 도전을 통해 단 한 사람이라도 용기를 얻는다면, 그로 인해 세상을 살아갈 힘을 얻는다면 나의 얘기는 그걸로 충분하다.

2020년 12월 정예린

차례

들어가는 글 - 절망 속에서 피어난 용기

제1장
어둠 속에서 빛으로 나가고 싶어요

가슴속 깊은 상처 _18
두려운 미래 _23
어느 날 갑자기 찾아온 공황장애 _26
재발한 공황장애 _30
어둠 속에서 빛으로 나오다 _33
조심스러운 한 걸음 _38
조심스러운 두 걸음 _41
나의 용기가 또 다른 누군가의 용기를 부르길 바란다 _46
쓰러져도 일어나는 오뚝이처럼 _51

제2장
마음의 병으로 힘들어하는 사람들을 도와주고 싶다

새로운 마음으로 다시 시작하자 _58
낯선 곳에서의 성장 _61
- 오 월드 _61
- 제1회 전국 유성 가요제 예심 _64
- 은행동 으능정이 거리 _67
도전하는 나를 사랑한다 _70
- 제3회 김성동 스피치 웅변 / 스피치 대회 _70
- 제5회 김성동 스피치 웅변 / 스피치 / 노래 대회 _73
- 제22회 세계 한국어 전국 웅변대회 _76
꿈꾸는 그대여 도전하라 _79

제3장
나를 응원해 주는 사람들이 있기에 힘이나

가진 게 없어도 좋아, 또다시 시작하면 되니까 _84
하루를 살아낸다는 것 _88
가슴속 타오르는 꿈이 있기에 견딜 수 있어 _93
마른하늘의 날벼락 _96
살아줘서 고마워 _101
나 참 행복한 사람이다 _105
나를 응원해 주는 사람들 _109

제4장
김성동 스피치 인생대박훈련소 조교로 임명합니다

스승의 은혜 _116
포기하지 마 _119
아직 끝나지 않은 공황장애 _123
웃으면 복이 온다 _126
난 정말 괜찮으니까 _129
연습, 그리고 연습 _132
실전 훈련이 답이다 _136
김성동 스피치 인생대박훈련소 야외실습 훈련 조교 _139
꼭! 해내고 싶습니다 _142
다른 사람을 돕는 것은 나의 기쁨 _146

마치는 글 – 지금까지가 아니라 지금부터다 _150

제1장
어둠 속에서 빛으로 나가고 싶어요

가슴속 깊은 상처
두려운 미래
어느 날 갑자기 찾아온 공황장애
재발한 공황장애
어둠 속에서 빛으로 나오다
조심스러운 한 걸음
조심스러운 두 걸음
나의 용기가 또 다른 누군가의 용기를 부르길 바란다
쓰러져도 일어나는 오뚝이처럼

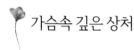 가슴속 깊은 상처

"와장창, 쨍그랑."
"여보, 성식이 아버지. 우리 애들이랑 어떻게 살라고… 정신 좀
차려요."

엄마의 울부짖는 소리가 들려온다.

'죽고 싶어.'
힘겨운 사춘기를 보내고 있는 열여섯 살 소녀였다.

"왜 하필 진저리가 처지는 이 집에 태어나서."
집안 환경으로 어린 시절을 평범하게 보내지 못했다.

노름 중독에 빠진 아빠를 대신해 죽기 살기로 돈을 벌어야만, 우

리 삼 형제를 지킬 수 있다는 독기로 정신 무장한 엄마였다. 그런 엄마에게서 충분한 사랑을 받는다는 건 무리였다.

"너희 엄마는 오늘도 일 갔니? 어쩜 그렇게 하루도 쉬는 날 없이 일을 간다니?"

친한 친구인 진숙이 엄마의 말이었다. 일하기 위해 태어난 사람처럼 온몸이 부서지도록 일만 하는 엄마의 모습은 돈에 미친 여자…, 돈에 환장한 여자…. 어린 내 눈에 비친 엄마의 모습 전부였다. 쌀이 떨어져서 당장 자식들 굶게 만들지도 모른다는 엄마의 절박함 따위는 보이지도 않았다.

엄마의 바지 안주머니에는 두둑한 현금이 분신처럼 함께 하고 있었다. 돈이 떨어질까 봐 항상 불안에 떨었고, 불안감은 엄마를 병적으로 돈에 집착하게 만들었다.

"엄마가 죽을 때, 돈도 같이 태워 버릴 거야. 하나도 남김없이 태워 버릴 거야. 자식보다도 소중한 그놈의 돈, 돈, 돈, 지겨워. 제발 그만 좀 해!"

엄마를 향한 원망 가득한 증오심은 날로 커져만 갔다.

"엄마, 일하러 안 가면 안 돼? 일하러 가지 말고 우리랑 같이 있으면 안 돼? 엄마랑 같이 있고 싶단 말이야."

바짓가랑이를 붙들고 울며불며 매달리는 어린 자식들을 뒤로한 채, 목숨처럼 모아 온 엄마의 돈은 아빠의 노름빚으로 날리기 일쑤였다. 쌓여만 가는 노름빚으로 부모님의 싸움은 잦아졌다. 다행히도 술은 드시지 않았지만, 맨 정신으로 엄마에게 폭력을 가하는 아빠의 모습은 충격적이었다.

"아빠, 제발 때리지 마. 우리가 잘할게. 불쌍하단 말이야. 엄마 불쌍하단 말이야."

"언니, 무서워."
"괜찮아, 언니가 안아줄게."

책상 밑으로 숨어 들어갔다. 무서워서 나오지도 못했다. 오직 눈물과… 두 손이 닳도록 싹싹 비비며 빌고 비는 것 밖에는 아무것도 할 수가 없었다. 엄마를 그토록 원망하면서도 원망하는 만큼 사랑했다. 사랑하는 엄마이기에 죽도록 고생하는 게 안타깝고 화가 나서 미칠 것만 같았다. '우리 버리고 도망이라도 가지. 미련한 곰처럼 왜 저렇게 사는 건지….' 한 여자의 인생이 갈기갈기 찢기고 있었다.

'절대로 엄마처럼 안 살 거야.'

살아있는 게 지옥이었다. 죽고 싶다는 생각에 가족들 몰래 조용히 방에서 약을 한 움큼 주워 먹기도 해 봤다. 산목숨 쉽게 끊어지지도 않았다.

방구석에 처박혀 울기만 하다 일생일대의 잘못된 실수를 저지르게 된다. 중학교 3학년 여름방학이 끝나고 개학한 지 얼마 되지 않은 시기에 학교를 그만두었다. 그 후로 나의 정신적 방황은 제대로 시작되었다. 여러 번의 가출…. 집이 싫어 가출을 시도하면 할수록 더 깊은 수렁에 빠져드는 암담한 기분이었다. 어떻게 살아가야 하는 건지 도무지 방법을 찾을 수가 없었다.

자식을 잃을지도 모른다는 두려움에 언제 어디서든 나랑 비슷한 사람만 보이면 발 벗고 쫓아다닌 엄마지만, 그렇다고 생계가 걸린 일을 그만두면서까지 찾아다닐 수는 없었다. 노름에 빠져 허우적대는 아빠와 고등학생인 오빠, 한 살 어린 여동생, 방황하는 나까지 엄마에게 돌봐달라는 건 역시… 무리였다. 그렇게 나는 부모의 시선에서 방치된 채로 주변 친구들과 어울려 꽤 오랫동안 방황의 시간들을 걷게 된다.

"나란 인간은 사람 노릇도 못하는 인간쓰레기야."

중퇴라는 한 번 잘못 끼워진 첫 단추 이후 줄줄이 잘못 끼워졌고 인생 자체가 삐뚤삐뚤, 눈에 보이는 세상도 온통 삐뚤삐뚤했다. 딱히 내세울 것 하나 없는 나는 변변한 직장도 없이 떠돌이처럼 살아야 했다. 그렇게 사는 게 당연한 줄 알았다. 28살이 되던 해 혼인신고는 하지 않았지만 10년 가까이 만난 남자 친구와 결혼식을 올리게 된다. 사랑이라기보다는 '이제 할 때가 되어서 한다' 라는 의무감 속에서 이루어진 결혼이었다. 그것도 잠시였다. 결혼 생활 일 년을 넘기지 못하고 등을 돌리게 된다. 아쉬움도 미련도 없었지만 내 인생 또 한 번의 실패가 더해지는 것이 싫었다.

풀리지 않는 삶을 낙인이라도 찍듯, 인생 패배자라는 생각과 말을 버릇처럼 뱉어가며 스스로를 경멸하고 비하했다. 어두웠던 과거와 풀리지 않는 인생으로 점점 부정적, 내성적, 소극적, 용기 없는 사람으로 변해갔다.

 두려운 미래

중학교 검정고시, 고등학교 검정고시, 몇 개의 자격증을 독학으로 취득하기 위해 책상에만 앉아 공부를 했다. 공부하는 시간을 조금이라도 더 확보하기 위해 긴 머리도 단발로 싹둑 잘라버렸다. 드라이 시간마저 아끼며 나도 성공이라는 것을 하고 싶다는 강한 의지와 간절함으로 공부를 했지만 딱 거기까지였다.

그다음 연결고리가 되어 줄 세상으로 나갈 용기가 없었다. 여전히 나에게는 지워지지 않는 '중퇴' 라는 두 단어가 뿌리 깊게 박혀 앞으로 나아가지 못하게 발목을 꽉 붙잡고 있었다. 엎친 데 덮친 격으로 10킬로그램이 넘게 불어 버린 내 몸이 '너는 이제 끝이야' 라고 말해 주고 있었다. 먹고는 살아야 하기에 이력서를 쓰려고 종이를 꺼냈다. 그대로 한참을 바닥 위에 놓인 종이만을 뚫어져라 바라봤다. 아무리 뚫어지게 바라보고 생각해도 마땅히 쓸

게 없었다. 이 종이 한 장이 나의 전부를 말해주는 것만 같아 아니라고 소리치고 싶었다. 고민을 털어놓을 친구도 없었다. 친구가 없어도 외롭다거나 신경 쓰이지 않았다.

혼자임에 익숙해져 있던 어느 날, 핸드폰에 메시지를 보내온 낯익은 이름이 있었다. 둘째가라면 서러울 정도로 친하게 지냈던 초등학교 친구 태린이었다. 또 한 명의 친한 친구였던 진숙이와의 연락까지 이어지고 우리 삼총사는 가끔씩 만났다.

어린 소녀였던 친구들이 어느새 아이 엄마가 되어 있는 모습이 신기하기도 하고 낯설기도 했다. 우연히 태린이와 8개월 정도 진행되는 성경 공부를 하는 강의를 듣게 되었다. 고민이 많았다. 나에게는 이미 진행되고 있는 자격증 공부가 있었기 때문에 자격증 공부를 포기하고 성경 공부를 한다는 건 어려운 결정이었다.

진지한 결정 끝에 태린이와 성경 공부를 시작하게 되었다. 독학을 한다고 보낸 혼자만의 시간이 많았고, 주변에 가족 이외에는 연락하거나 아는 사람이 없던 나에게, 100명이 가까운 대중 속에서 수업을 듣는다는 건 심리적으로 상당한 불안을 느끼게 했다. 거기다 배움에 대한 자격지심까지 가지고 있지 않은가….

수업을 들으면서 혼자만의 생각 속에 종종 빠져들어 갔다. '이런 곳은 내가 올 곳이 아니야. 하나님의 '하' 자도 모르는 내가 하나님의 역사를 공부한다고? 도대체 강의 내용은 왜 이렇게 어렵지?

나만 어려운 건가? 다른 사람들은 대답도 잘하고 이해도 잘하는 것 같은데… 다들 대학도 나오고 똑똑하겠지? 이런 자리는 나같이 가방 끈이 짧은 사람에게 어울리지 않아.'

물론 평범한 주부, 학교 선생님, 대학생, 직장인, 운동선수 등 다양한 사람들이 있었다. 하지만 배움에 대한 자격지심이 강한 나는 이 분위기 자체에 말없이 주눅이 들어버렸다. 그럼에도 불구하고 빠짐없이 수업을 들었고, 하루 3시간 잠을 자며 생활비를 벌기 위해 치킨집 아르바이트를 병행하게 되었다. 개업한 지 얼마 되지 않은 가게였던 터라 손님들로 붐비었다.

아르바이트를 마치고 집에 돌아오면 자정이 다 되었고, 샤워를 끝내자마자 책상에 앉아 공부를 했다. '불안정한 나의 미래' 막연히 두려웠다. 막연한 두려움에 사로잡힐 때마다 동네 한 바퀴를 걷다 들어오곤 했다. 무리한 탓일까? 강의를 듣기 시작한 지 2개월을 넘길 즈음 공황장애가 재발되었다.

어느 날 갑자기 찾아온 공황장애

2014년 12월 초, 엄마 집을 가던 도중이었다. 느닷없이 가슴을 망치로 있는 힘껏 내려치는 것 같은 말로 표현할 수 없는 고통이 느껴졌다. 가슴을 쥐어 잡았다.

'심장마비?'
운전하던 차를 한쪽에 세우고 엄마에게 전화를 걸었다.

"엄마, 가슴이 이상해. 택시 타고 지금 당장 병원으로 가야 할 것 같아. 심장마비 온 것 같아." 전화를 끊자마자 '이러다 죽는 거 아냐?' 하는 두려움에 그 자세 그대로 얼어붙어 버렸다.

'설마… 내가 심장마비? 아니야, 아닐 거야…'
꿈인지 생시인지 분간이 안 되는 측정할 수 없는 공포의 시간이 지나갔다. 무섭고 두려웠지만 꿈을 꾼 거라고, 뭔가 착각한 거라고 놀란 가슴을 진정시키고 병원이 아닌 집으로 운전대를 돌렸다.

강렬한 첫 공황발작을 경험한 이후, 20일 사이 여러 차례 공황발작이 있었다. 더는 참을 수 없는 극심한 두려움에 병원을 찾아갔다. 속이 울렁거리고, 가슴이 두근거리고, 숨이 안 쉬어지고, 기절하거나 쓰러질 것 같고, 이러다 미쳐버리거나 곧 죽을 것 같다는 고통을 호소했지만 병원에서의 여러 가지 검사 결과는 모두 정상이었다.

공황장애 같다는 소화기내과 의사 선생님의 권유로 정신건강의학과를 접수했다. 진료 순서를 기다리는 동안 너무나 낯설고 생소한 공황장애라는 네 단어를 인터넷 검색창에서 찾았다. 일치하는 증상들에 어안이 벙벙했다.

오래 기다리지 않아 진료 순서가 다가왔고, 상담 결과 공황장애라는 동일한 진단이 나왔다. 운이 좋았다고 해야 하나? 공황장애 발병 한 달 만에 내 몸에서 일어나고 있는 악랄한 악마의 정체를 알아냈으니….

일주일치의 약을 들고 약국에서 나온 나는 여동생 집으로 향했다. 혼자서는 도저히 감당할 수 없는 이 상황에 대해 괜찮다고, 모든 게 다 괜찮다고, 아무 일도 없고, 아무 일도 없을 거고, 그러니

까 괜찮고, 또 괜찮고, 괜찮을 거라고 따뜻하게 다독여줄 사람이
절실했다. 동생을 보자마자 울음이 터져 나왔다.

"내가 공황장애라는 병에 걸렸대…."

"언니…."
"흑흑."

기력이 바닥날 정도로 동생 앞에서 울고 났어도 이상하리만치 달
라진 게 아무것도 없었다. 여전히 슬펐다. 걱정이 가득한 동생의
눈빛을 뒤로하고 동생 집을 나왔다.

***

충실히 약을 먹고 일주일 뒤 병원을 찾았다. 이주일 뒤, 한 달 보
름 뒤, 일주일 뒤, 일주일 뒤, 이주일 뒤, 이주일 뒤, 일주일 뒤, 일
주일 뒤, 일주일 뒤, 일주일 뒤. 약 5개월 동안 12번의 병원 방문
과 약을 복용했다. 처음보다는 공황발작의 강도가 약해지기는 했
지만 '혹시나 무서웠던 증상이 또 오는 건 아닐까?' 하는 예기불
안과, 간헐적으로 찾아오는 공황발작, 하루 종일 따라다니는 다
양한 신체증상은 온몸을 짓누르며 무기력하게 만들었다.
삶을 포기하지 않았다. 삶을 포기할 수 없었다. "죽더라도 밖에서
죽자"라는 각오로 노출 훈련을 했다. 보문산 등산으로 체력도 키
워나갔다. 한적한 보문산을 등산하면서 좋은 건 사람들의 눈을

의식하지 않아도 된다는 거였다. 등산을 하다 공황발작이나 신체 증상이 올라오면 나무 의자에 누워 쉴 수 있었다.

시간이 지나면서 먹던 약도 줄이게 됐고, 약에 의존하고 싶지 않다는 욕심에 의사 선생님과 상의 없이 약을 끊어버렸다. 병원도 찾지 않았었다.

재발한 공황장애

눈에 보이지 않는 불투명한 미래에 대한 두려움, 과거의 기억 속
에서 빠져나올 수 없는 고정관념, 못 배웠다는 자격지심, 지나칠
정도로 염려하고, 조급해하고, 불안해하고. 결국 이 모든 것들이
쌓이고 쌓이다 화산 폭발처럼 "빵"하고 터져버린 공황장애는 무
섭게 나를 삼켜버렸고, 환상과도 같은 공포감에 다시 마주하게
되었다.

19개월 만에 찾은 정신건강의학과…. 약이 없으면 미치게 불안
했기 때문에 약을 가지고 있다는 것만으로도 안심이 되었다. 공
황장애 재발과 대중 속에서 낙오되었다는 패배감에 망연자실했
다.

'나는 안 되는 건가?'

베개가 축축이 젖어 들어갔다. 퉁퉁 부은 눈으로 방 안을 둘러본다. 햇볕이 들지 않아 어두컴컴하고 오래전부터 벽에 생긴 곰팡이와, 난방 고장으로 바깥 날씨보다도 추운 집안 공기에 한숨부터 나온다.

주인아저씨께 난방이 되지 않는다고 몇 번이나 얘기했지만 말이 통하지 않았다. 이것이 바로 '없는 자의 설움이겠지' 하며 억지로 버텨왔지만 이젠 단 하루도 이곳에 머무르고 싶지 않았다. 주인집과 실랑이가 벌어졌다. 불편한 실랑이 끝에 집을 빼기로 결정되었다.

공황장애 신체증상을 느끼며 이사할 집과 이삿짐센터를 알아보고 뒤도 돌아보고 싶지 않은 이곳에서 탈출 아닌 탈출을 준비한다. 이사 당일, 비가 폭우처럼 쏟아지고 있다. 이삿짐 차에 가득 실린 짐은 내리는 비를 피하지 못하고 젖어버렸다. 폭우 속을 뚫고 새로운 보금자리를 찾아 떠난다.

"아가씨, 집이 작아서 살림 다 버려야겠는데?"

이삿짐센터 아저씨의 말이었다. 내리는 비를 하염없이 바라볼 뿐이다. 경제적 부담으로 집을 줄여 원룸으로 이사하는 내 맘도 모르고 내리는 비와, 버려질 살림들, 가눌 수 없는 신체증상, 모든 것이 꿈만 같았다. '제발, 꿈이어라. 이 모든 것들이 제발 꿈이어라.'

하루에도 몇 번씩 쓰러지는 몸을 달래며 이삿짐을 풀어 나갔다. 죽도록 아픈 몸과 도저히 용납할 수 없는 상황들을 받아들이며 견디고 견뎠다. 울다 웃다를 반복하고, 쓰러지고 일어나고를 반복했다. 일어나지 못하면 좁은 방안을 기어라도 다녔다.

한 달 반이라는 시간을 견디다 보니 차츰 몸에 기운이 돌아왔다. 가진 자의 여유란 무엇일까? 언제까지 이런 불안정한 생활 속에서 살아야 하는 걸까? 아무것도 없는 나에게 여유를 가지라고 한다면 그건 분명 미친 소리다. 그렇다면 그 여유를 어떻게 하면 가질 수 있다는 말인가?

"이대로 살 순 없어. 뭐든 하자."

불행의 연속인 삶의 이유를 찾아야 했다. 그것만이 공황장애 극복과 가진 자의 여유를 가질 수 있는 유일한 방법이라 생각했다. 마음 같아서는 가지고 있는 약 전부를 쓰레기통에 부어버리고 싶었지만 아직은…. 먹지는 않고 비상용으로 가지고만 있겠다는 심정으로 작은 서랍에 약을 넣었다. 이렇게 나는 공황장애 재발 40일 만에 다시 약을 끊고 병원도 찾지 않았다.

어둠 속에서 빛으로 나오다

성경 공부를 하는 강의 중에 언뜻 들은 스피치 학원이 생각났다. 빠른 속도로 인터넷 검색창에서 몇 군데 스피치 학원을 알아보다 눈과 손이 멈췄다.

김성동 스피치 인생대박훈련소

발표불안, 축사연설, 대인기피, 성격개조, 자신감, 설득(영업), PT, 유머, 노래, 정치스피치, 사회, 강의, 말더듬, 프레젠테이션.

"성격 개조, 자신감…. 여기야, 가보자."

공황장애라는 몸으로 밖을 나간다는 게 상당한 용기를 불러오는 일이었지만 주저할 수가 없었다.

"안녕하세요. 스피치 학원을 다니고 싶은데 공황장애가 있어요. 신체증상은 멀쩡히 있다가도 순간적으로 몸에 기운이 빠지면서 쓰러져요. 쓰러짐이 20분에서 30분 정도 지속되고, 일정 시간이 지나면 아무 일 없었다는 듯이 일어나요. 학원분들이 보면 놀랄 거예요. 수업 들을 수 있을까요?"

"공황장애는 병도 아니야. 괜찮아요. 내일 학원에서 대둔산 산악 스피치 가는데 예린 씨도 같이 가요."

"소장님. 감사합니다."

2017년 1월 25일, 하얗게 눈이 내려앉은 대둔산 산악 스피치였다.

"예린 씨, 자기소개 좀 해봐요."

"선배님들 안녕하세요. 저는 36살 정예린입니다. 지푸라기라도 잡는 심정으로 김성동 스피치 인생대박훈련소를 찾아왔습니다. 제가 공황장애가 있어요. 혼자서 극복하려고 했는데, 한계에 부딪쳐서 다른 분들 도움받으면서 더 빨리 극복하고 싶습니다."

숨기고 싶지 않았다. 공황장애, 자신감, 사회생활 경험 부족, 대인관계, 자격지심, 내성적, 소극적 성격 개조. 할 수만 있다면 나를 완전히 변화시키고 싶었다.

"예린 님의 선한 에너지가 느껴집니다. 힘내세요."
"파이팅! 하세요."
"예린 씨, 극복할 수 있습니다."

"만나게 되어 반갑습니다. 김성동 스피치에 오신 용기 박수를 보냅니다. 지금도 저보다 에너지가 넘치시나 김성동 스피치의 더큰 에너지가 빛을 발하게 할 것입니다."

"선배님들 기운 팍! 팍! 받아서 인생 대역전할 수 있는 사람이 되고 싶어요. 부족한 저를 도와주세요."

"예린 씨, 구름다리 위에서 소리치면 속이 시원할 거예요."

있는 힘을 다해 소리쳤다.

"어둠 속에서 빛으로 나가고 싶어요. 당당하게, 자신감 있게, 자존감 있게 살고 싶어요."

"함께이기에 가능함을 믿습니다."
"선배님들 감사합니다."

김성동 스피치 인생대박훈련소 회원들에게서 나오는 에너지가 마음을 따뜻하게 했다. 나도 뭔가 할 수 있을 것만 같은 무언의 힘도 느껴졌다.

"25살 이우현입니다. 반갑습니다. 덜컹덜컹 달려간다, 시골버스야. 신나게 달려간다~ 빵! 빵! 빵! 빵! 기적을 울리며 신나게 달려간다. 뿐이고, 뿐이고, 뿐이고!"

스피치 학원 선배인 25살 우현이의 장기 자랑이었다.

"우와! 우현 짱!"

우현이의 코믹한 춤사위와 자동발사적으로 나오는 흥에 겨운 메들리 노래에 한바탕 웃음바다가 되었다.

"그다음, 정예린! 정예린! 정예린!"

당황스러웠지만 변하려고 왔으니⋯ 허리에 두 손을 올리고 무릎을 구부리고 폈다를 한다.

"곰 세 마리가 한 집에 있어. 아빠곰, 엄마곰, 아기곰. 아빠곰은 뚱뚱해. 엄마곰은 날씬해. 아기곰은 너무 귀여워. 으쓱, 으쓱, 잘한다."

"와아!"
"하하하하."

부끄러워하는 나를 위해 보내주는 응원의 함성이 들린다.

"정예린! 정예린! 정예린!"

오늘 처음 본 회원들이지만 낯설지가 않고 편안했다.

'하나님이 나를 이곳으로 보내주신 걸까? 이분들을 만난 건 하나님의 선물인 걸까? 죽어가는 나를 살려주시려는 뜻인 걸까?'

숨을 들이켜본다. 대둔산 차가운 겨울 공기가 가슴속 깊숙이 들어온다. 정신 바짝 차리고 살아가라고 얼음같이 차가운 겨울 공기가 잠자고 있는 세포들을 깨워준다.

"하아, 가슴속 깊숙이 들어오는 차가운 겨울 공기 살 것 같아."

조심스러운 한 걸음

스피치 학원에서는 보문산 숲속공연장과 만년동 세시봉(7080)에서 한 달에 한 번씩 장소를 옮기며 발표대회가 있었고, 그 외에도 산악 스피치, 전국 웅변대회 등이 있었다. 코앞으로 다가온 웅변대회였다. 웅변대회를 나가본 적도, 사람들 앞에서 발표를 해본 적도, 하다못해 발표의 '발' 자를 생각해 본 적도 없었다. 그런 내가 서울 헌정기념관에서 열리는 전국 웅변대회를 나간다니, 가능한 일인지 모르겠지만 어차피 할 거라면 잘 해내고 싶었다.

웅변대회에 나갈 연습을 하려고 무작정 대둔산으로 출발했다. 있는 용기 없는 용기 탈탈 털어서 토요일 오후 홀로 찾은 대둔산이었다. 주차장에 빼곡하게 주차되어 있는 차를 보고 깜짝 놀랐다. '주차장에 차는 왜 이렇게 많은 거야? 저 많은 사람들 앞에서 쓰러지는 거 아냐?'

쓰러질까 봐 걱정되었지만, '위기는 곧 기회다'라며 다독였다.

"헉헉."

등산 20분 만에 쓰러졌다. 나무 의자에 힘없는 몸을 누인다. 뒤따라오는 사람들이 신경 쓰인다. 쓰러져있는 나를 보고 '놀라지는 않을까?' 걱정이 되어 가눌 수 없는 몸만 탓할 뿐이었다.

'왜 이렇게 힘들지? 사는 게 뭐가 이렇게 힘든 거야? 꼬일 대로 꼬여버린 나를 어디서부터 풀어야 하는 건지 누가 답 좀 해줘. 바보. 상처투성이.'

쓰러져서 바라본 대둔산 하늘과 겨울바람이 아픈 마음을 후벼 팠다. 서서히 기운이 돌아온다. 다시 힘을 내 대둔산을 오른다.

'뒤 돌아보지 말자. 자꾸 뒤 돌아보면 앞을 볼 수가 없잖아. 지난 날 후회, 상처, 아픔. 이런 것들에 발목 잡히지 말고 앞만 보는 거야. 공황장애 나을 수만 있다면 뭐든 할 수 있어.'

눈 내린 대둔산을 오르고 올랐다. 눈물범벅, 콧물 범벅, 서러운 눈물을 흘리며 오르는 등산길이다.

'눈물 젖은 빵 안 먹어 본 사람은 모르지….'
막상 산을 오르고 소리를 치려하자 두려움이 밀려왔다. 없던 용기가 하루아침에 선물로 주어지는 것은 아니었다. 곳곳에는 등산객들로 가득했다. 얼마나 망설였을까?

'여기까지 온 이유가 있는데 바보처럼 돌아갈 수 없어. 두 눈 딱! 감고 질러 보는 거야.'

하나, 둘, 셋. 외쳤다!

"여러분! 이렇게 가다가는 우리의 대한민국이 뿌연 안개의 나라 공해 투성이 나라로 변할 것이 틀림없기에, 저는 이 자리에서 환경에 대한 소중함과 오염된 환경이나마 다시 되살릴 수 있는 환경보호 대책을 여기 모이신 여러분께 강력히 촉구합니다." (스피치 학원 웅변 원고 뒷부분)

용기 있는 나의 목소리는 대둔산에 울려 퍼졌다.

조심스러운 두 걸음

친구들에게 부러움의 대상이기도 했던 때가 나에게도 있었다. 하지만 사람은 변한다. 내가 이렇게 변할 줄 꿈에도 몰랐던 것처럼 말이다. 잃어버린 자신감을 되찾기 위해 전심전력을 다한다. 자신감은 즉, 자존감은 실천이며 실행이며 행동이다. 세상 앞에 당당하게 맞서는 연습을 한다. 할 수 있는 작은 것부터 시작이다. 전국 웅변대회를 나가기 위해 계속해서 홀로 연습 중이다.

은행동 지하상가 공연장을 찾아갔다. 무대 위에 오를 준비를 한다. 지금의 나는 '미쳤다'라는 세 글자로 밖에 도무지 설명이 안된다. 공황장애라는 벽을 깨부수기 위해서는 현실 속에서의 내가더 강해져야 한다는 것을 알고 있다. 알고 있는 것과 행동으로 옮기는 것은 하늘과 땅 차이다. 결코 만만치 않은 성장의 계단을 밟아 올라간다.

'어차피 가야 할 길이라면 피하지 말자.'

그나저나 사람들 앞에 서는 게 이렇게 떨리는 일이란 걸 이전에는 미처 몰랐던 사실이다. 내 삶이 이토록 간절하지 않았다면 도전하지 못했으리라…. 공황발작과는 다른 극한 두려움으로 바들바들 떨린다. 두려움에 몇십 분째 지하상가를 돌아다니며 안절부절못하고 있다.

'두려움으로 숨이 멎을 것 같아. 이렇게 두렵고 살 떨리는 도전을 왜 해야 하는 거야? 떨리는 느낌 정말 싫어.'

언제나처럼 내면에서는 나약한 비명을 지르고 있었다. 시간을 끌면 끌수록 두려움만 커져갔다.

'호랑이를 잡으려면 호랑이 굴로 들어가야지. 호랑이한테 잡혀가도 정신만 바짝 차리면 살아온다고 하잖아.'

호랑이 굴로 나를 던지는 입이 바짝바짝 타는 시간이다. 용기를 북돋아 줄 무언가가 필요했다. 스피치 학원 수업시간에 교재에 실려 있는 글을 노트에 옮겨 적어 놓았었다. 가방에서 노트를 꺼낸다.

‒ 자신감 실천하기 ‒

지금 이 순간 부딪칠 것인가! 미룰 것인가!
아니야! 그래 부딪치는 거야. 처음이 다 어렵잖아.
그래! 부딪치는 거야! 자신감으로 부딪치는 거야.
그래! 나는 할 수 있어. 할 수 있고말고!

나는 나를 믿어. 나는 내가 잘해 나갈 수 있다고 믿어.
이런 기회는 늘 오지 않아.

그래서 더욱 부딪치고 안 되면 실패를 교훈 삼아 더욱 성공할 거
야.

그래! 접근하는 거야! 그리고 말을 하는 거야!
그리고 그것을 행동에 옮기는 거야!
자! 자신감으로 마음속에 있는 것을 외쳐보자! 하나, 둘, 셋.

나는 할 수 있다.
나는 할 수 있다.
나는 할 수 있다.
더 크게 외치자. 나는 할 수 있다.
나는 생각대로 표현을 잘할 수 있다.
나는 생각대로 표현을 잘할 수 있다.
나는 생각대로 표현을 잘할 수 있다.

자신감 실천하기 글자 하나하나가 부족한 용기를 북돋아 주기에
충분했다.

"나는 할 수 있다. 올라가자."

한가로운 오후 시간 정막이 흐르는 지하상가 공연장이다. 정막을
깨고 무대 위로 향하는 구두 굽 소리가 들린다. 구두 굽 소리에
이어 다시 정막을 깨는 목소리가 흘러나온다.

"안녕하세요."
주사위는 던져졌다.

"3분 정도 웅변하고 들어가겠습니다."
앞이 보이지 않는 두려움 속에서 내 목소리는 계속해서 흐른다.

"여러분! 이렇게 가다가는 우리의 대한민국이… 강력히 촉구합
니다."

스무 명 정도 되는 사람들 앞이었다.
"경청해 주신 여러분 감사합니다."
"수고하셨습니다."
"?"

내 마음을 알아주는 젊은 남자의 목소리였다.

"…감사합니다. 감사합니다."

'해냈어! 두려움을 이기고 해냈다고!'

떨리는 가슴이 진정되지 않았다. 가슴속에서는 함성이 터지는 축제가 열리기 시작했다. 축제의 기쁨을 만끽하며 집으로 돌아가는 길에 갑자기 풀리는 다리였다. 지하상가 계단에 털썩 주저앉았다. 2분 44초의 팽팽한 긴장감이 쉽사리 사그라들지 않았다. 왜 하필 이 순간 엄마 생각이 나는 걸까?

'엄마, 보고 싶어. 내가 보상해줄게. 지금 당장은 어떻게 해줄 수 없지만 엄마의 노후를 든든하게 책임지는 딸이 될게.'

조심스럽게 한 걸음, 두 걸음을 내딛는다.

나의 용기가 또 다른 누군가의 용기를 부르길 바란다

공황장애 신체증상과 싸우고 있다. 밥을 먹다가도, 드라이를 하다가도, 샤워를 하다가도 올라오는 예측 불가능한 쓰러짐에 속이 시커멓게 타 버리는 힘든 시간임을 재확인한다. 글을 써 내려간다.

공황장애 환자입니다. 공황장애 신체증상으로 쓰러져있습니다. 20~30분 정도가 지나면 신체증상이 사라지고 아무 일 없었다는 듯이 일어날 수 있습니다. 쓰러져있는 곳이 위험한 곳이면 안전한 곳으로 이동시켜 주시기 바랍니다. 119는 부르지 말아 주세요. 곁에서 손을 잡아 주시거나 따뜻한 말을 건네주시면 힘이 됩니다. 부탁드립니다.

쓰러져있는 모습을 사진이나 동영상으로 찍어 주세요. 저같이 공황장애로 힘들어하는 사람들에게 희망의 메시지를 전하고 싶습니다. 이겨낼 수 있으니 힘내자고요. 제 사진과 동영상이 귀하게 쓰일 수 있도록 정성을 다해 찍어 주시면 감사하겠습니다.

가슴이 먹먹했다.

"왜? 왜? 이런 글을 쓰고 있어야 돼? 건강하게 지내던 나는 어디로 간 거야? 왜 내가 이렇게까지 된 거야? 흑흑…."

비참함의 눈물, 서러움의 눈물, 억울함의 눈물이 뒤섞여 방바닥 위로 떨어진다.

'잘 기억해 두자. 눈물과 쏟아져 나오는 내 안의 슬픔들을…. 나를 괴롭히는 공황장애로 더욱 변화될 거고, 나약하기만 한 내면을 단단하게 채우게 될 거야. 무슨 일이 있어도 내가, 바로 내가 그렇게 만들 거야.'

가슴속에서 아무리 뜨거운 것이 치밀어 올라온다 해도 현실을 정확하게 파악해야 했고 비참하고, 서럽고, 억울해도 살아야 했다. '언젠가는 완치하는 날이 오겠지. 꾸준한 노력만이 정답이야. 가슴에 멍 자국이 선명하게 새겨질 정도로 아파도 해낼 거야.'

돌발 상황을 대비해 도움받을 수 있는 글을 적어 손 코팅까지 해서 가방에 넣어 놓으니 든든한 마음이 들었다. 집을 나선다.

"할 수 있다. 나 정예린이니까 할 수 있는 거다. 할 수 있고말고!"

공황장애 신체증상과 싸워 이기는 날도, 지는 날도, 비기는 날도 있지만 결국에는 내가 승리하리라! 약한 마음이 못 들어오게 마음의 문단속을 한다.

'죽기 살기로 해보자. 일단 부딪쳐 보는 거야.'

추운 날씨에도 사람들로 북적거리는 대전역 주변 중앙시장을 맴돌았다.

'어디서 도전을 할까? 어디로 가야 하지?'

버스 정류장에 줄 서 있는 사람들이 보였다.

'버스 안에서 자신감 훈련을 하는 거야.'

버스를 기다리는 사람들 틈에 끼었다. 한 겨울의 추위도 잊을 만큼 긴장됐다. 긴장감에 몇 대의 버스를 놓쳐 보냈다. 이윽고… 오늘 나와 운명을 함께 할 버스가 멈춰 섰다. 버스 맨 뒷자리에 앉았다. 버스 안 분위기를 쓰윽 살피고, 기회만 엿보고 있다. 다음 정거장을 알리는 안내 방송만 흘러나올 뿐 버스 안은 조용했다.

'몇 번째 버스정류장을 지나치고 있는 걸까? 아… 이대로 가다가

는 종점까지 가겠다.'

초조해지기 시작한다. 마음의 준비를 한다. 숨 한번 크게 들이쉬고 도전 동영상을 찍기 위해 핸드폰을 꺼냈다.

"안녕하세요. 내성적이고 소극적인 성격을 고치고 싶어서, 무작정 버스에 올라타게 되었습니다. 잠시만 제 얘기에 집중해 주시면 자신감을 갖는데 큰 도움이 될 것 같습니다."

버스 안의 사람들이 내 목소리에 집중하고 있다. 바로 앞자리에 앉아 있는 아저씨가 응원의 작은 박수도 보내 주신다. 백 마디의 말보다 몸짓에서 느껴지는 진심에 감동이 물밀듯 밀려온다.

'내가 지금 아슬아슬하게 서 있는 이곳은 벼랑 끝의 어디쯤일까? 그래도 아직 벼랑 끝에서 떨어지지는 않았잖아. 도전할 수 있는 힘은 남아 있잖아.'

애써 나를 위로한다. 버스에서 내려 돌아오는 길에 공황장애 신체증상이 여지없이 올라왔다.

"무슨 일 있으세요? 괜찮으세요?"
주차 단속을 하고 있는 경찰관의 도움을 받을 수 있었다.

"공황장애 환자예요. 헉헉. 신체증상으로 쓰러짐이 있어요…. 대전역 주차장에 제 차가 있어요. 헉헉… 차 있는 데까지 도와주세요….”

경찰관의 부축을 받는다. 온몸에서 기운이 싹 빠져나간다.

“아이고…, 차 있는 데까지 잘 도와드려.”
“네, 알겠습니다.”

매달리다시피 경찰관의 등에 업혀간다. 주변 사람들의 시선이 힘들게 한다. 차라리 정신이라도 잃었으면 좋겠다. 이런 내 모습을 기억하지 못하게….

“운전 할 수 있겠어요?”
“차에서 쉬었다 가면 돼요….”

차 뒷좌석에 누워 거친 숨을 몰아쉰다. 나의 용기가 또 다른 누군가의 용기를 불러오는 일이 되길 바래본다.

쓰러져도 일어나는 오뚝이처럼

인생 첫 웅변대회에서 받은 최우수상 트로피와, 스피치 학원에서 받은 특별상(오뚝이) 트로피를 물끄러미 바라본다.

'어쩌다 오뚝이라는 별명이 붙었을까?'

인생 첫 웅변대회라는 도전에 뿌듯하기도 하고 오뚝이라는 별명에 씁쓸하기도 한 복잡 미묘한 감정들이다.

"예린아, 잘 지내지? 몸은 좀 어때?"
진숙이에게 전화가 왔다.

"여전하지 뭐."
"그렇구나, 같이 영화 보려고 했는데. 안 되겠구나!"

"아니야, 나갈 수 있어."
"그래? 그럼 우리 오랜만에 영화 보러 갈까?"
"그러자."

나갈 수 있는 기회만 생기면 필사적으로 행동으로 옮겼다. 불안한 마음을 감추고 영화를 보던 중 역시나 공황장애 신체증상이 올라왔다. 신체증상이 심해지기 전에 영화관을 빠져나와 공중화장실을 찾아 들어갔다. 그대로 바닥에 쓰러졌다.

'숨이 안 쉬어져. 눈을 뜰 힘도 손가락을 움직일 힘도 없어. 쓰러져있는 나를 보고 옆 칸에 있는 사람들이 놀라면 큰일인데… 어쩌지?'

뒤늦게 진숙이가 화장실에 쓰러져있는 나를 찾아 들어왔다.

"예린아, 여기 있어? 괜찮은 거야?"
'……'

"힘내, 예린아. 넌 뭐든 할 수 있어. 옛 추억도 떠오르고 이런 널 보는 내 마음이 아프다."

"어머! 어떡해? 사람 쓰러졌어. 119 불러야 하는 거 아니야?"

'제발 못 본 척 지나가 주세요. 제발…'

호되게 진숙이와의 이른 오후 시간을 보내고, 늦은 저녁 무렵 운전 중에 이번에는 강렬한 공황발작이 올라왔다. 비상사태다. 서둘러 안전한 곳에 차를 세웠다. 도망칠수록 더욱 따라붙는 두려운 공포와 정면으로 맞선다. 침착해야 했다. 최대한 침착하고 차분해야 했다. 겉보기와는 달리 내면에서는 일분일초가 급박한 목숨을 건 전쟁상태다. 죽기 일보 직전의 엄청난 공포감에 자기 통제가 힘들다. 기도하는 마음으로 자기 암시를 시작한다.

"너무 무서워. 감정 컨트롤을 어떻게 해야 할지 모르겠어. 아니야, 아무것도 아니야. 금방 지나가. 한 번에 고칠 수 없어. 노력하다 보면 좋아질 거야. 변하고 싶어서, 살고 싶어서, 더 이상 어떻게 할 수 없을 정도로 최선을 다하고 있잖아. 그것만으로도 충분해. 무서워하지 말고 행복했던 기억들을 떠올려보자. 아무리 힘들고 지치고 쓰러질 것 같아도, 오뚝이라는 별명처럼 쓰러지고 일어나고 쓰러지고 일어나자. 힘들 때는 쉬어가기도 하자. 이런 증상이 반복되다 보면 좋아질 거야."

20~30분의 시간이 흘렀다. 공황발작이라는 거대한 파도는 온몸 구석구석을 참혹하게 휩쓸고 지나갔다. 두렵다고 말할 엄두조차 나지 않았다. 사람이 이런 공포를 느낄 수 있다는 사실이 믿기지 않을 만큼 놀라웠다.

***

오랜만에 올라온 강렬한 공황발작이라는 공포에 짓눌려 방안에만 틀어박혀 있는 어리석은 실수는 하고 싶지 않았다. 집 근처에 있는 교회를 가려고 아침 일찍 나왔다. 교회 예배시간에 한참을 의자에 누워 있어야 했다. 예배시간에 누워 있으려니 가시방석이 따로 없었다. 휘청거리는 몸을 끌고 교회를 나왔다. 익숙한 느낌이 온몸을 칭칭 에워싼다.

"괜찮으세요?" 교회 사람들의 목소리였다.
"20~30분만 있으면 괜찮아져요."

"바닥이 차가운데… 이렇게 누워 있으면 조금 뒤에 기운이 나시는 거죠?"
"네…."
"그런데 추워서 괜찮을지 모르겠네요."
"괜찮아요…."

"대단하시네요. 기운 내서 교회도 나오시고요. 그렇게 조금씩이라도 노력하는 게 도움이 되실 겁니다."

끝이 보이지 않는 두려움의 연속인 나날들이다.

"추워서 안 되겠어요. 등에 업혀요."
'얼마나 넘어져야 하는 걸까? 얼마나 넘어져야 툭툭 털고 일어날 수 있게 되는 걸까….'

제2장

마음의 병으로 힘들어하는 사람들을 도와주고 싶다

새로운 마음으로 다시 시작하자
낯선 곳에서의 성장
- 오 월드
- 제 1 회 전국 유성 가요제 예심
- 은행동 으능정이 거리
도전하는 나를 사랑한다
- 제 3 회 김성동 스피치 웅변 / 스피치 대회
- 제 5 회 김성동 스피치 웅변 / 스피치 / 노래 대회
- 제 22 회 세계 한국어 전국 웅변대회
꿈꾸는 그대여 도전하라

새로운 마음으로 다시 시작하자

가지고 있던 여유 돈 마저 떨어졌다. 전세금의 일부 800만 원을 돌려받고 싶다는 사정 얘기를 집주인 아주머니께 건넨다. 전화기 너머로 반가운 목소리가 들려온다.

"며칠 뒤에 입금해 줄게요. 당장은 우리도 돈이 없어서 여러 군데 알아보고 입금해 줄게요."

안도의 한숨을 내쉰다. 가진 돈 전부를 가지런히 펼쳐본다. 현금 화할 수 있는 전 재산 78,000원이다. 대책도 없었다. 주인아주머 니께서 긍정적인 답변을 주시지 않았다면 돈을 구하러 전전긍긍 했을 거다. 마지막 남은 78,000원을 가지고 대천 해수욕장으로 출발한다. 출렁이는 바다에 가슴속 울분을 실어 보내고 싶었다. 한두 방울씩 떨어지던 비가 이내 땅을 적셔 버렸다. 비 내리는 날을 유난히도 좋아하는 나다.

굵어진 빗줄기와 거세게 불어 닥치는 바닷바람이 격하게 반겨 준다. 쓰고 있던 우산이 휙 뒤집어졌다. 슬픈 영화 속 비극의 여주인공이라도 된 것처럼 내리는 비를 흠뻑 맞으며 걷는다. 스카프가 바람에 날리는 모습까지도 슬프다….

'이보다 슬픈 영화 속 여주인공이 있을까?'

슬픈 영화 속 여주인공 역을 내 삶에서 훌륭히 연기하고 있었다. "짝짝짝" 눈물겨운 연기에 박수라도 보내주고 싶다. 먼 훗날 추억으로 남게 될지도 모르는 이 순간의 연기에 충실한다. 다음 장면은 바다를 바라보며 절규한다… 이다.

"바다야, 공황장애 내 병 좀 가지고 가줘. 난 이제 못하겠어. 힘들어서 더는 못 버틸 것 같아. 그만 끝나게 해 줘. 내 말이 들리면 공황장애 바다에 실어서 멀리멀리 저 멀리 보내줘."

혼자 영화감독이 되고 여주인공이 되어 단편의 짧은 영화를 찍었다. 바닷가 모래사장을 스케치북 삼아 웃는 나의 얼굴 그림과 발자국을 남긴다. 주인아주머니께서 보내 주실 800만 원으로 얼마나 버틸 수 있을지, 그전에 공황장애 완치는 가능한 건지, 아직은 아무것도 모르지만 환경적 어려움에 오기가 생긴다. 중요한 건 아무 노력 없이 넋 놓고 가만히 앉아 있는 내가 아닌, 변화를 위해 끊임없이 움직이고 있다는 것이다. 미친듯한 노력을 하고 있다는 것이다.

"돈이 없어서 안 된다고 하지 말자. 건강하지 못해서 안 된다고 하지 말자. 배운 게 없어서 안 된다고 하지 말자. 나를 나약하게 만드는 변명 따윈 하지 말자. 나아가고, 나아가고, 나아가자. 현실에 안주하지 말고 더 나은 미래를 위해 지루한 노력의 날들을 이겨내 가자. 할 수 있는 모든 것을 시도해보자. 쉬운 건 생각도 하지 말자."

'오직 더 강하고, 더 멋진, 미래의 모습만 생각하는 거야. 인생은 내가 노력한 만큼, 딱 그만큼만 변하는 거야.'

낯선 곳에서의 성장

◆ 오 월드

오전부터 쓰러졌다. 8시간 가까이 침대에 누워 시름시름 앓아야
했다. 잠도 오지 않았다. 풀린 눈을 가늘게 뜬 채 초점 없이 허공
만 바라보는 일이 8시간 동안 할 수 있는 일 전부였다. 오후 3시
쯤, 몸에 기운이 돌아왔다. '어디를 가면 사람들이 많을까?' 곰곰
이 생각에 잠긴다.

'맞아! 오 월드!'

가벼운 옷차림을 하고 오 월드를 찾아간다. 일요일 오후, 오 월드
에는 입이 떡! 벌어질 정도로 많은 사람들로 북적였다.

'와… 사람 정말 많다.' 환상의 동화나라를 현실세계로 옮겨다 놓은 듯한 오 월드의 풍경은 배경화면에 불과했다. 도전 장소를 찾는 맹렬한 눈빛만 빠르게 움직이고 있었다. 공황장애 신체증상으로 하루를 늦게 시작했다는 아쉬움과 촉박한 오 월드 마감 시간에 마음이 급해졌다. 놀이기구 타는 것을 좋아하지 않지만 이런 거 저런 거 따질 때가 아니었다. 제일 무서워 보이는 것만 골라 탔다. 바이킹에 이어 자이드롭에 탑승한다. 후회감이 밀려왔다.

"엄마야~ 이걸 왜 탔지? 난 몰라. 미치겠다. 진짜로!"
5, 4, 3, 2, 1.
"아악!"

땅으로 곤두박질치는 아찔한 순간이었다. 다양하고 흥미로운 공연이 열리는 오 월드 레인보우 스테이지를 감싸고 있는 관람석에는 휴식을 즐기고 있는 가족 단위의 사람들이 많았다. 공연이 없는 빈 시간을 확인하고, 캐릭터 풍선을 하나씩 손에 들고 있는 꼬마 친구들에게 다가갔다.

"꼬마 친구들 잘 부탁해."
두발은 레인보우 스테이지를 향했다.

'사람이 뭔가에 미치면 못할 일이 없구나!'
흔치 않은 기회였다. 어디서 이렇게 많은 사람들을 모을 수 있을 것이며, 어디서 이렇게 많은 사람들 앞에 서 볼 수 있는 기회를 가질 수 있겠는가? 망신당하고 창피당하는 일이 있더라도 눈앞에 펼쳐진 기회를 놓치지 않으리라.

'언젠가라는 것은 없어. 지금 해야 돼.'

진심을 담은 마음이 전해진 걸까? 손자 손녀와 가족 나들이를 나오신 어르신들도, 보기만 해도 달달한 느낌이 나는 연인들도, 무대 위의 나를 신기하게 바라보는 꼬마 친구들도, 모두가 마음 모아 응원의 박수를 보내준다. 아낌없는 응원과 격려의 박수에 큰 절이라도 올리고 싶다.

홀가분한 마음으로 레인보우 스테이지를 내려왔다. 하늘 끝까지 올라갔다가 땅바닥으로 미끄러져 내려오는 바이킹을 탄 사람들의 행복한 비명소리가 들려온다.

'머지않아 나도 행복한 비명을 지르는 날이 오겠지? 공황장애 완치 야호! 이렇게 말이야.'

가까운 벤츠에 앉아 시원하게 뿜어져 나오는 분수의 물줄기를 바라본다. 시원한 물줄기가 불타는 열정을 식혀준다. 안 될 거라는, 할 수 없을 거라는, 스스로 만든 한계를 뛰어넘는 순간들이다. 일단 저지르고 나면 저지르기 전에 가졌던 두려움은 아무것도 아니라는 것을 비로소 깨닫게 된다.

◈ 제1회 전국 유성 가요제 예심

제1회 전국 유성 가요제 예심을 스피치 학원 몇몇 회원들과 나가게 되었다. 실력이 되어서 각종 대회를 나가는 것이 아니다. 자신감을 키우기 위해서 연습의 연습, 훈련의 훈련, 도전의 도전을 반복적으로 하는 것이었다.

만년동 세시봉(7080)에서 열리는 무대다. 이 무대에 오르기 위해 댄스학원에서 1:1로 세 번의 개인 레슨을 받았다. 마음대로 움직이지 않는 몸을 조금이라도 유연하게 만들고 싶었다. 체력 부족, 시간 부족, 하지만 배우려는 열정만큼은 충만했다. 따라 할 수 있는 간단한 동작을 배워, 하상도로 산책 코스 한쪽에서 땅바닥을 무대 삼아 스텝을 밟았다.

부족한 노래 실력도 키워야 했다. 없는 시간을 만들어서라도 코인 노래방을 찾아가 연습의 시간을 보냈다. 턱 없이 부족한 실력이었지만 무대 위에서 기죽고 싶지 않았다.

전국에서 모인 참가자들로 대회장은 어수선했다. 모두들 긴장한 기색이 역력했다. 프로다운 모습을 갖춘 사람들도 아마추어 같이 보이는 사람들도 긴장 하기는 매한가지였다. 스피치 학원 회원들과 긴장감을 떨치려 웃어보기도 하고, 대화도 주고받고, 파이팅을 외쳐 보기도 한다.

앞 순서에 가수 못지않은 실력을 가진 참가자를 보고 있으니 '내가 잘못 나온 건 아닐까?' 못난 생각이 들었다. 아무리 용감한 도전이라고 해도 '이건 아닌 것 같다'는 위축되는 마음을 숨길 수는 없었다. '준비하는 동안 최선을 다했으니까 그거면 돼.' 토닥토닥 나를 격려한다.

무대와 객석이 가까울수록 긴장감은 증폭되었고, 대회장을 감싸는 기운도 대단했다. 스피치 학원 회원들의 무대가 시작되고 이어서 내 차례가 다가왔다. 부를 곡은 나미의 '인디언 인형처럼'이다. 음악소리에 맞춰 안무를 시작한다.

"휘! 휘!"
휘파람 소리가 귓가를 때렸다. 대회장 분위기가 들뜨기 시작하고 심사위원의 격려 멘트까지 듣게 된다. 술렁이는 분위기에 의욕이 급상승했다.

"휘! 휘!"
"다시 어둠이 내리면 혼자라는 게 나는 싫어. 불빛 거리를 헤매다 지쳐버리면 잠이 드네. 그댄 그렇게 내게 남겨둔 인형처럼 쉽게 웃으며 떠나갔지만. 나의 마음은 인디언 인형처럼 워워워워워워워워 까만 외로움에 타버렸나 봐. 오 마이 베이비."

"휘! 짝짝짝."
준비한 1절을 마쳤다. 무대 위에 가만히 서 있는 것도 힘든데 빙글빙글 돌아가면서 춤까지 췄다는 사실이 믿기지 않았다. 이런 내 모습이 자랑스러웠다. 결과는 예심 탈락이었지만 사람들의 시선을 온몸으로 받아내는 무대 경험을 쌓을 수 있어서 결과에 상관없이 만족했다.

◆ 은행동 으능정이 거리

발바닥에 땀나도록 기회를 찾아 나선다. 은행동 으능정이 거리를
찾아갔다. 기회를 만들 수 있는 모든 곳이 살아있는 나의 교실이
다. 인터넷에서 무선 마이크를 구입했다. 탁 트인 공간에서는 내
목소리만으로 소리를 전달하는데 한계가 있었다.

그동안 부지런히 쌓아온 경험이 지혜롭게 만들어주고 있었다. 금
전적인 부분을 생각했다면 망설이다 구매 포기를 했을지도 모른
다. 그러나 나는 내 도전이 더 소중했다. 꿈으로 한 발 나아갈 수
있는 한 번의 기회가 간절했다.

젊은이들로 가득 찬 으능정이 거리 한복판에 자리를 잡고 삼각대
를 세운다. 무선 마이크를 확인하는 손이 떨려온다. 평상시에는
편안하게 쇼핑하고 먹거리를 즐기며 다니던 길이, 도전이라는 목
적을 가지고 나오다 보니 긴장되기 짝이 없는 곳이 되어버렸다.

'나 자신을 드러내는 걸 두려워하지 말자.'
심호흡을 하고 마이크를 잡았다.

"대중연설을 꿈꾸는 정예린입니다."

대! 중! 연! 설!

공황장애 극복, 자신감, 사회생활 경험 부족, 대인관계, 자격지심, 내성적, 소극적 성격 개조를 하고 싶다는 마음을 넘어 희망을 전하는 강사가 되기 위해 대중연설을 공부하고 있다.

언제부턴가 희망을 전하는 강사가 되고 싶다는 꿈이 생겼다. 공황장애로, 아픈 상처로, 세상 밖으로 나오지 못하는 사람들에게 힘이 되어 주고 싶었다. 그러기 위해서는 나 자신부터 바뀌어야 하기에 무한도전 중이다. 부딪치며 배워간다. 공황장애 조절 능력도, 대중 앞에 선다는 게 '이런 거구나' 하는 무지막지한 경험도, 바닥에서 뒹굴며 배워가는 중이다.

'기대된다. 눈부신 나의 미래 모습이.'

기회의 문을 두드리고 있다. 아직은 두드리는 힘이 약할지 몰라도 두드리고 두드리다 보면 강한 힘이 되어 기회의 문이 활짝 열리는 날이 올 거라 믿기 때문이다.

잊지 못할 사건이 있다. 그날도 오늘처럼 마이크를 들고 으능정이 거리로 나온 날이었다. 사람들 속에서 빠르게 나를 위아래로 훑어 내리는 "저건 뭐야?" 하는 불쾌한 시선이 느껴졌다.

자존심을 칼로 찢긴 것처럼 아팠다. 변하고 싶어서 얼마나 절박한 마음으로 채찍질해 왔던가. '자존심은 쓰레기통에 갖다 버려!' 이를 악물었다. 잊지 못할 그때의 일로 욕먹을 각오를 할 수 있게 되었다. 나에겐 꿈이 있기 때문에, 꿈을 이루기 위해 노력하고 있기 때문에, 꿈을 방해하는 주변 사람들의 비난과 멸시에도 흔들리지 않을 수 있다.

오늘의 나는 얼마든지 부족할 수 있다. 하지만 괜찮다. 다음에 나는 충분할 테니까…. 훗날 그 사건이 훌륭한 거름이 되어 사람들의 웬만한 반응에는 끄떡하지 않을 강한 심장을 선사해 주었다. 그때 그 고비를 잘 넘겼기에 한층 성장한 오늘의 내가 있다. 꿈의 크기만큼 고통의 대가가 따르기 마련이다. 마음에 철갑을 두른다.

도전하는 나를 사랑한다

◈ 제3회 김성동 스피치 웅변 / 스피치 대회

스타강사의 꿈을 꾸는 발표대회가 될 줄은 꿈속에서 조차 꿈꿔
보지 못한 꿈이었다.

"어이, 스타강사."

'스타강사?'

나를 부르는 소장님의 목소리가 귀에 쏙 들어왔다. 작은 노력들
이 쌓여 훌쩍 성장해 있는 나를 발견하는 날이었다. 발바닥에 땀
나도록 기회를 찾아 돌아다닌 보람이 있었다.

'실력을 쌓아 올리는 노력을 게을리하지 말자.'

첫 번째 순서로 무대 위에 올라간다. 머리 위로 뜨거운 조명이 쏟아져 내린다.

"저에게는 만 명의 스승이 있습니다. 책을 가까이하는 것은 '만 명의 스승을 곁에 둔 것과 같다' 라는 말이 있습니다. 제 인생에서 가장 힘들었던 순간 저를 살려 준 것은 책이었습니다. 간절함에 날이 새는 줄도 모르고 책을 읽던 그때를 생각하면 눈시울이 붉어집니다. 그중에서 알리바바 마윈 회장의 명언이 있습니다.

희망이 없는 친구들에게 의견 듣는 것을 좋아하고, 자신들은 대학교 교수보다 더 많은 생각을 하지만 장님보다 더 적은 일을 한다. 그들에게 물어보라. 무엇을 할 수 있는지. 그들은 대답할 수 없다. 내 결론은 이렇다. 당신의 심장이 빨리 뛰는 대신 행동을 더 빨리 하고 그것에 대해서 생각해 보는 대신 무언가를 그냥 하라. 가난한 사람들은 공통적인 한 가지 행동 때문에 실패한다. 그들의 인생은 기다리다가 끝이 난다. 그렇다면 현재 자신에게 물어봐라. 당신은 가난한 사람인가?"

책을 통해, 좋은 글귀들을 통해, 명언들을 통해, 참 많은 위로와 자극을 받았었다. 인터넷에 올라와 있는 알리바바 마윈 회장의 명언을 읽고 누워서 쉬고 싶을 때 앉아 있을 수 있었고, 앉아 있고 싶을 때 걸을 수 있었고, 걷고 싶을 때 뛸 수 있었다. 심장을 뛰게 만들어준 명언을 인용한 발표가 끝났다.

"스피치 부분 대상 정예린."

기적이 살며시 찾아오고 있었다. 나는 다시 태어나고 있었다. 선배님들과 어깨를 나란히 하고 무대 위에서 사진을 찍는다. 선배님들의 대회 소감을 듣는다. 당당하게 스피치 하시는 모습이 위대하게까지 보였다.

'나도 선배님들처럼 될 수 있을까? 나도 되고 싶다. 이루고 싶다.'

가슴속에서 선배님들처럼 되고 싶다는 열망이 꿈틀거린다. 가슴속 열망을 반드시 현실로 만들고 싶다는 꿈의 속삭임이 들려온다. 늦게 꿈을 찾은 만큼 다른 사람들보다 2배, 3배, 5배로 열심히 살면 열정의 가속도가 붙어 꿈에 몇 발짝 가까이 나를 데려다 놓을 거란 기분 좋은 상상을 한다.

◆제5회 김성동 스피치 웅변 / 스피치 / 노래 대회

백화점에서 세일하는 재킷, 전문가의 메이크업과 헤어, 할 수 있
는 모든 준비를 마친 상태이다. 1부 사회를 보게 된 동훈, 기혁이
와 대본 연습을 하려고 보문산 숲속공연장을 찾는 노력도 아끼지
않았다. 현장에서 연습하는 것은 당일 날 긴장감을 낮추는 데 도
움이 된다. 보이지 않는 곳에서 얼마나 연습하고, 노력하느냐에
따라 무대 위 자신감이 만들어진다. 철저한 준비만이 답이다.

"여러분들은 어둠 속에서 무엇이 보입니까? 꿈이 없는 사람은 어
둠 속에서 아무것도 찾지 못하고 헤매게 됩니다. 그러나 꿈이 있
는 사람은 칠흑 같은 어둠 속에서도 가야 할 길을 안내해 주는 빛
을 찾게 됩니다. 그 빛이 누군가의 따뜻한 손길이 될 수도 있고,
자신과의 끝없는 싸움에서 스스로 극복할 수도 있습니다. 꿈을
이루는 사람과 이루지 못하는 사람의 차이점은 얼마나 구하고,
찾고, 두드리는가에 달려 있습니다. 꿈을 향해 나아가는 길이 칠
흑 같은 어둠뿐일지라도 희망의 끈을 놓지 마시지 바랍니다.

제가 '꿈을 향해' 라고 외치면 '달리자' 라고 세 번 화답해 주시기
바랍니다.

'꿈을 향해', '달리자'
'꿈을 향해', '달리자'

'꿈을 향해', '달리자'

꿈을 향해 달리는 여러분들의 힘찬 에너지가 느껴집니다."

나의 오프닝 멘트를 시작으로 1부 순서 12명의 발표가 끝이 났다. 곧바로 2부 순서가 이어진다. 초조한 마음으로 2부 마지막 발표자인 내 차례를 기다리고 있다. 잘하고 싶다는 마음이 강하면 강할수록 심장박동이 빨라진다.

'떨 만큼 떨어보자. 원 없이 떨어보자. 어디까지 떨 수 있나 떨어보자.'

나의 발표가 시작되었다.

"다른 사람들의 아픔을 머리가 아닌 가슴으로 느끼게 해 주시고, 희망을 전하는 위로자가 되고, 따뜻한 손 내밀 수 있는 사람이 되게 해 주세요."

보문산 숲속공연장을 둘러싸고 있는 나무를 비롯한 산속의 생명체들이 내 애기에 귀를 기울이고 있는 것만 같은 착각이 들었다. 정말 신기했다. 그만큼 집중을 했다는 뜻일까? 결과는 만족스러웠다. 달변상 트로피를 품에 안는다.

오늘 대회 역시 준비과정은 쉽지 않았다. 많은 노력이 있어야 하고, 그러다 보면 힘들어서 포기하고 싶은 마음도 찾아온다. 그때 찾아온 포기하고 싶다는 마음을 이겨내고, 노력의 결과물을 멋지게 발표하고 난 그 후의 성취감은 이루 말할 수가 없다.

어떤 마음의 자세로 준비하고 무대에 서는지에 따라 실력이 쌓여가는 정도의 차이가 크다. 최고의 무대로 만들고야 말겠다는 비장한 각오 말이다. 머리가 아닌 몸이 기억하게 하려고 보문산 숲속공연장 무대를 놀이터처럼 찾아갔었다. 내 무대에서 내가 먼저 편해져야 한다고 생각했다. '사람들의 가슴을 울리고 싶다. 감동을 전하고 싶다'는 욕심이 나를 움직이고 성장하게 만들고 있다.

"아나운서 같아요."
"예술인 같아요."

귓가를 즐겁게 하는 지인들의 말에 희망이 샘솟는다.

◆ 제22회 세계 한국어 전국 웅변대회

청중과 소통하기 전 마음을 가라앉히고 말 못 하는 유기견의 대변인이 되어 '유기견의 교훈'이라는 주제로 발표를 시작한다.

"못생겨져서 버려지고, 아프다고 버려지고, 시끄럽게 짖는다고 버려지고, 귀찮다고 버려지고, 노화로 병이 들어 버려지고, 버려지고, 버려지는 말도 안 되는 이유가 너무나도 많습니다."

나의 역할은 이 대회장에서 나의 메시지를 알리는 것이다. 열악한 환경 속에서도 제 목숨을 다해 묵묵히 살아가고 있는 유기견의 하루가 있다는 것을 사람들은 알까? 제발 단 한 사람만이라도 내 얘기를 듣고 버려지는 유기견의 심각성을 알게 된다면 그 한 사람으로 인해 주변이 바뀌고, 지역이 바뀌고, 사회가 바뀌고, 국가가 바뀌어 나간다면, 계속 그렇게 바뀌어 나간다면 미래의 세상은 어떨까?

내 목소리는 공기를 타고 청중을 향해 날아간다. 집중해서 연설을 듣고 있는 청중의 모습이 한눈에 들어왔다. 대회장을 겉도는 연설이 아니라 정확히 청중 가슴속으로 전해진다는 확실한 느낌이 왔다. 청중과 소통되는 짜릿한 순간이다.

엄마가 키우고 있는 우리 집 반려견 찡찡이, 구름이 생각이 났다.

찡찡이, 구름 이를 키우면서 개들의 습성과 보호자로서 알아야 할 기본적인 것들을 알아가면서 유기견의 안타까운 사연을 접할 수 있었다. 그리고 결정적으로 동학사에서 본 유기견….

저녁시간 운전하던 중이었다. 자동차 불빛 사이로 길게 늘어진 털을 뒤집어쓰고 있는 검은색 소형 유기견이 보였다. 눈물이 주르륵 흘러내렸다. 주변을 경계하면서 어둠 속으로 사라진 '나를 위해 너의 친구들을 위해 세상에 소리쳐.'

"어른들을 보고 배우는 우리 아이들을 위해서라도 생명존중에 대한 마음의 자세를 달리 해야 한다고 이 연사 소리 높여 호소합니다."

작은 나의 원룸 한쪽 벽면을 채울만한 칠판에, 예린이 나무라고 이름 지은 나무가 그려져 있다. 무럭무럭 자라나게 할 가까운 목표들도 적혀 있다. 열매의 수확을 나누어 줄 그날을 손꼽아 기다리며 수정 보완을 거듭하면서 미래에 바치는 시간이 아깝지가 않다.

파란 나라를 보았니 꿈과 사랑이 가득한
파란 나라를 보았니 천사들이 사는 나라
파란 나라를 보았니 맑은 강물이 흐르는
파란 나라를 보았니 울타리가 없는 나라
난 찌루찌루의 파랑새를 알아요

난 안데르센도 알고요
저 무지개 넘어 파란 나라 있나요
저 파란 하늘 끝에 거기 있나요
동화책 속에 있고 텔레비전에 있고
아빠의 꿈에 엄마의 눈 속에 언제나 있는 나라
아무리 봐도 없고 아는 사람도 없어
누구나 한번 가보고 싶어서 생각만 하는 나라

우리가 한번 해봐요 온 세상 모두 손잡고
새파란 마음 한마음 새파란 나라 지어요

'파란 나라' 라는 동요를 따라 부르며 순수한 마음을 잃지 않으려
한다.

'나는 정의롭고 선의에 가득 차며, 사회적 약자를 위해 마음을 다
해 도울 수 있는 사람이 되어가고 있습니다. 그러한 능력이 날마
다 발전하고 있습니다.'

나에게 주문을 건다.

꿈꾸는 그대여 도전하라

은행동 신지하상가로 들어왔다. 빠르게 지나가는 사람들 속에서 삼각대를 세우고 스피치 연습 셀카 동영상을 찍기 위해 핸드폰을 꺼냈다. 사람들이 "뭐 하는 거지?" 힐끗힐끗 나를 쳐다보며 관심을 보였다. 복잡한 주변 환경을 의식하기보다는 해야 할 말에 집중하려고 했다. 왼쪽 손에는 화이트 보드판을 오른쪽 손에는 매직펜을 들고 보충 설명까지 해서 10분의 동영상을 찍었다.

은행동 으능정이 거리에 줄지어 서 있는 옷가게 중 발길이 끌리는 매장으로 들어간다. 매장 한 바퀴를 돌았다. 구매 유혹이라도 하듯 경쾌하고 빠른 음악소리에 내 심장도 쿵쾅쿵쾅 박자를 맞추고 있었다. 옷 구경에 푹 빠진 사람들 사이를 지나가면서 스피치 셀카 동영상을 찍는다. 얼굴이 화끈 달아오르면서 안면 마비가 오는 것 같은 기분이다. 내 얘기를 바로 옆에서 듣고 있는 몇 명의 여성 때문에… 그것도 준비된 내용이 아닌 주절주절 떠드는 아무 말 대잔치를….

출근 시간 대전역 대합실, 퇴근 시간 대전역 대합실, 휴일 오후 시간 대전역 대합실을 찾아간다. 기차 도착 시간을 기다리고 있는 사람들 앞에 서서 발표하는 연습도 하고, 사람들 속을 걸어 다녀 보기도 한다. 단지 발표하는 시늉만 냈을 뿐인데, 몸으로 느껴지는 체감은 실전 발표 현장을 방불케 했다. 그날그날 모인 사람들의 기운에 따라 긴장감도 달랐다. 사람들 주변을 돌아다니며 즉석에서 스피치 셀카 동영상을 찍는다.

반복되는 독한 훈련 덕분인지 주변에서 들려오는 말이다.

"예린 씨는 전혀 안 떠는 것 같은데요."
"발표 시작 전 원고 내용이 지워지는 경험도 해봤고, 다리가 덜덜 떨리는 경험도 해봤고, 입술이 바짝 마르는 경험도 해봤습니다."

각종 대회를 참가하면서 사람들의 반응을 주의 깊게 보아왔다. 발목이 꺾이는 사람, 손에 땀이 줄줄 흐르는 사람, 목소리 톤이 올라가는 사람, 마이크를 잡은 손이 덜덜 떨리는 사람, 긴장감에 발을 동동 구르는 사람. 나도 비슷한 과정을 거쳐 왔고 거쳐 가고 있다. 말하기 최고의 경지인 자연스러운 발표를 위해 어차피 겪어야 하는 과정이라면 더 큰 용기를 내고 싶다. 매일 스피치 연습하는 게 이제는 일상이 되었다. 스타강사가 되겠다는 꿈의 열망이 탈진할 정도의 연습량도 가능하게 해주고 있었다. 몰라보게 호전을 보이고 있는 공황장애 신체증상 또한 한몫해 주고 있다.

용기란 자신이 두려워하는 것을 하는 것이다.
즉, 두려움이 없으면 용기도 없다.

자신을 죽일 정도로 엄청난 것이 아닌 이상,
고난은 나를 더욱 강하게 만든다.

중요한 것은 포기하지 않는 것이다.
더딘 것을 염려하지 말고 멈출 것을 염려하라.

내일 가슴이 터질 듯한 감격의 눈물을 흘리고 싶다면
오늘의 불행은 크게 웃으며 견뎌라.

산속 군데군데 걸려 있는 글귀들을 따라 걷다 보니 대전 시내를 내려다볼 수 있는 보문산 전망대에 도착했다. 한밭 야구장이 보였다. 야구장을 가득 채운 사람들 앞에 서 있는 모습을 상상하며 '희망을 전하는 스타강사' 라는 가슴속 열망을 실현시키기 위한 도전을 계속한다.

"꿈꾸는 그대여 도전하라!"

제3장
나를 응원해 주는 사람들이 있기에 힘이나

가진 게 없어도 좋아, 또다시 시작하면 되니까
하루를 살아낸다는 것
가슴속 타오르는 꿈이 있기에 견딜 수 있어
마른하늘의 날벼락
살아줘서 고마워
나 참 행복한 사람이다
나를 응원해 주는 사람들

가진 게 없어도 좋아, 또다시 시작하면 되니까

생계를 위해 일을 해야 했다. 급하게 일자리를 알아보고 급하게
출근을 한다. 옷깃을 단단히 여미게 하는 매서운 날씨가 겨울의
시작을 알린다.

"오늘부터 같이 일하게 된 정예린입니다."

"어서 와요."

잠바를 벗고, 앞치마를 입고, 가게를 둘러본다. 겉보기와는 달리
손님이 많다고 한다. 손님 맞을 시간을 앞두고 긴장감이 돌기까
지 하는 가게 분위기였다. 잠시 후… 가게에 적응할 시간도 없이
마구 들이닥치는 손님들이었다. 종일 "네. 네."를 외치며 식당 안
을 날아다녀야 했다. 첫날이라 혼도 많이 났다.

"내일 뵙겠습니다."

출근 첫날이 지나갔다. 온몸이 쑤셔대는 바람에 새벽 늦게까지 끙끙 앓아야 했다.

'어제 나에게 무슨 일이 있었지?'

근육통으로 쑤시는 몸을 주무르며 눈을 뜬다. 손님을 정신없이 맞으며 식당 안을 날아다닌, 영광의 흔적인 근육통에 헛웃음이 새어 나왔다.

"이런 나를 사랑하지 않을 이유가 없잖아. 잘했어."

파이팅을 외치며 이틀째 출근을 한다. 외울 건 많고 어디에 뭐가 있는지 도통 모르겠다. 사장님은 자꾸 수동적으로 움직이지 말고 능동적으로 움직이라 하시는데, 능동적으로 움직인다는 게 초보자인 나에겐 여간 어려운 게 아니었다.

청소기 돌리고, 테이블 닦고, 가게 밖으로 나가 방석 털고, 화장실 청소하고, 바쁘게 손님 맞을 준비를 한다. 움직일 때마다 따라오는 사장님의 레이더망 속에서 싹싹 쓸고, 반짝반짝 닦고, 정리를 한다. 내일은 같이 일하는 지연언니가 쉬는 날이고 대신 사모님이 나오신다고 한다. 지연언니가 내일 한번 죽어나 보라고, 혼나 보라고, 겁을 준다. '사모님이 무서운 분이신가?' 그러지 않아도 바짝 긴장하고 있었는데 긴장감이 더 바짝 조여 오는 기분이다.

출근길, 가게 근처에 있는 3층 건물 앞에 발걸음이 멈춰 섰다. 10년 전 평생을 걸쳐서 악착같이 모아 온 엄마의 돈으로 이 건물을 샀다. 1층은 엄마가 식당을 운영하고, 2층은 투룸 전세를 놓고, 3층은 우리 다섯 식구가 살았던 건물이다.

결과적으로는 망하다시피 하고 건물에서 나오게 된 안타까운 사연이 깃들어있는 장소지만… '되찾아줄게. 몇 배, 몇십 배 좋은 곳으로.' 침묵 속에서 각오를 하고 발길을 돌린다.

가게에 도착하자마자 홀 청소와 화장실 청소를 한다. 배워야 할 일들이 눈에 들어오기 시작했다. 오늘 처음 뵌 사모님은 생각보다는 편안한 분이셨다. 5번 테이블 남자 손님 세분이 대패삼겹살과 소주 네 병을 한참 드시고 가시는 길에 손에 만원을 쥐어주셨다.

사모님이 얼른 받으라는 눈치를 주신다. 감사하게 받은 만원을 앞치마에 넣고 테이블을 치운다. 얼마 만에 밥벌이를 하고 있는 건지, 모든 것에 감사했다. "아악!" 허리 쪽으로 따라다니는 근육통쯤이야! 이 또한 감사했다. 감사하게 받아들일 수 있는 마음이 생겼다는 사실도 감사했다.

서빙이라고 우습게 볼 일이 아니었다. 고기가 타지는 않는지, 반찬 떨어진 것은 없는지, 수시로 확인하고 "여기요?"라고 손님이 부르는 목소리를 집중해서 들어야 했다. 게다가 사장님은 감시하는 자세로 처음부터 끝까지 나를 살피고 계셨다. 잘하다가도 사장님의 시선이 느껴질 때면 실수를 저지르게 된다.

퇴근 시간이 가까워질 무렵 사장님께서 날씨가 추워져서 손님이 귀한 만큼 정성을 다해 서비스해 드리자고 하신다.

"네. 사장님."

하루를 살아낸다는 것

하루

지연언니가 서빙하고 있는 모습을 보고 있노라면 "와…" 감탄사
가 저절로 나온다. 적당한 때 고기 뒤집고, 불판 닦고, 반찬 리필
하고, 주문 기억도 잘하고, 손님과의 대화도 참 잘 받아주고 받아
치는 지연언니였다. 보다 못한 사장님의 꾸중 소리에 화들짝 놀
랐다.

"불 소리 안 들려? 불 소리? 맨날 '네네' 하지도 않으면서 대답만
잘하지?"

사장님의 꾸중 소리에 그럴 때는 "네네"만 하면 된다고 귀띔해주
는 지연언니였다. 분주하게 움직이는 지연언니를 넋 놓고 바라볼

뿐, 이러지도 저러지도 못하는 애타는 심정이다.

'찌릿!' 사장님의 날카로운 눈초리…, 우르르 들어오는 손님들….

'닥치면 다 한다. 되든 안 되든 가만히 있을 수 없다. 해보자.'

어느새 고기 집개를 들고 손님 테이블에서 고기를 굽고 있었다. 떨어진 반찬 리필도 해드리고, 추가 주문도 받기 시작한다. 손님들이 즐겁게 식사하시는 모습을 보니 왠지 모르게 마음이 뿌듯했다.

퇴근 시간이다.

"내일부터 날씨 더 추워진다고 하니까 예린이 옷 따뜻하게 입고 와. 앞으로 퇴근할 때, 커피 한 잔 놓고 가."
이곳에서 일할 수 있는 합격증을 받는다. 퇴근길 가게를 향해 고개 숙여 인사를 전한다.

하루

토요일 저녁 시간이다. 손님 나가기가 무섭게 빈자리가 나는 테이블을 후다닥 치우고, 들어오는 손님을 맞고, 치우고, 손님 맞고, 치우고, 치우고, 치우고, 치운다. 바쁜 틈을 타서 쓰레기를 버리고 오라는 사장님 말씀에 가게 앞 나무 밑에 쓰레기를 버리다… "거기다 쓰레기를 버려? 저쪽에 쓰레기 모아 둔 거 안 보여? 아니? 그런 것도 못 봐? 어휴!" 불같이 화를 내며 뒤돌아 가시는 사장님이다.

'왜 내 눈에는 안보였을까?'

밥벌이의 고충을 알게 된다. 돈의 소중함도 알게 된다. 모든 일들이 피가 되고 살이 되는 인생 경험이다. 세상살이가 생각처럼 쉽지 않다는 것을 치열한 체험 삶의 현장에서 배운다.

퇴근 후, 하상도로로 운동을 간다. 어둠을 밝히는 가로등 불빛이 걸어가는 길을 따라 환하게 비춰준다. 경쾌하게 흐르는 하천 물소리와 바람에 흔들리는 갈대 소리가 화음을 이루며 연주를 한다. 자연이 주는 음악 선물에 하루의 피로가 사르르 녹아버린다.

'나는 웃음과 희망을 잃지 않는 여자, 꿈과 열정을 가지고 포기하지 않는 여자, 정예린이다.'

안경에 잔뜩 낀 고기 기름이 치열했던 하루를 증명해 준다. 안경에 낀 고기 기름을 닦으며 마음에 쌓인 불필요한 때도 같이 닦아낸다.

하루

"쓱싹, 쓱싹."

빨간 고무장갑을 끼고 화장실 청소를 한다. 닦으면 닦을수록 더 깨끗하게 닦고 싶다는 유혹을 떨치며 마무리를 한다. 화장실 청소를 끝내고 가게 안으로 들어오는 나를 보고 지연언니가 묻는다.

"어제 손님 많아서 힘들었을 텐데, 왜 이렇게 일찍 왔어?"

"마무리를 못하고 간 것 같아서요. 일찍 와서 화장실 청소부터 했어요."

짧게 대답하고 홀 청소를 시작했다. 수저통, 휴지통 채우고, 청소기 돌리고, 바닥에 소주를 뿌려서 걸레로 뽀득뽀득 소리가 날 때까지 기름기를 닦는다. 테이블도 닦고, 의자도 닦고, 닦고, 닦고, 광나도록 닦고 또 닦는다.

지연언니가 오늘은 고기 불판 밑에 찌든 기름기 제거 청소를 하자고 한다. 잠깐! 팔이 붙어 있나 확인한다. 참을성 강한 나도 욱! 하게 만드는 청소였다. 지연언니가 출근한 지 얼마 안 돼서 이 청소를 시키면 '도망갈까?' 싶어 미루고 미루다 오늘 하는 거라고 한다. 그전에 이 청소를 시켰더니 몇 명 도망갔다…라는 웃지 못

할 애기도 전해준다. 그 옆에서 사장님이 피곤하셨는지 쪽잠을 주무신다. 주무시는 뒷모습에 아빠 생각이 났다. 살포시 무릎 담요를 덮어 드린다.

하루, 하루, 하루를 살아내고 있다.

가슴속 타오르는 꿈이 있기에 견딜 수 있어

살갗이 따가운 알 수 없는 통증이었다. 배가 꼬였다 풀렸다를 반복하더니 설사에 열이 펄펄 끓었다. 짐작하기로는 장염이었다. 이럴 때 제일 만만한 게 여동생이다. 전화를 걸었다.

동생도 조카들 돌보느라 바빴는지 엄마가 집으로 부랴부랴 오게 되었다. 콜택시를 불러 가까운 내과를 내원했다. 짐작대로 장염이었다. 링거를 맞고서야 가라앉는 통증이었다.

출근 시간이 가까워지고 있었다. 링거를 반도 맞지 못하고 약국에서 약을 사고 부리나케 집에 왔다. 번개같이 출근 준비를 하고 서둘러서 온다고 왔는데 10분이 늦어 버렸다.

"막내가 제일 먼저 와야지. 제일 늦게 오면 어떻게 해?"

사장님이 화를 내신다.

"장염 걸려서 병원에서 링거 맞고 오느라고 늦었어요. 죄송합니다."

기어들어가는 목소리로 대답하고 홀 청소와 화장실 청소를 시작한다. 병원에서 맞은 진통제 기운이 떨어지면서 출근 3시간 만에 다시 아파왔다. 고기 냄새는 물론이고 쟁반을 들 힘조차도 없었다. 출근하고 처음으로 근무 시간에 앉아 본다.

"언니, 너무 아파서 일을 못하겠어요. 병원 가서 링거를 맞아야겠어요."

"예린이 너무 많이 아픈가 봐요. 도저히 일을 못하겠대요. 보내야겠는데요?"

지연언니의 말에 사장님께서 들어가라고 하신다. 잠바를 챙겨 입고 병원으로 향한다. 병원 안정실 침대에 누워 링거를 맞았다. 링거가 다 들어간 걸 확인하고 움직여지지 않는 몸을 질질 끌고 집에 도착했다. 꽤 오랜 시간이 지났다.

드르륵! 누군가 문을 열고 들어오는 소리에 잠에서 깼다. 엄마랑 동생이 걱정돼서 죽을 챙겨 온 모양이었다. 식은땀으로 젖은 등을 닦아주며 약을 입에 털어 넣는 걸 확인하고 집을 나서는 엄마랑 동생이었다. 핸드폰에는 사장님과 지연언니에게 걸려온 부재중 전화가 확인을 기다리고 있었다. 사장님과 지연언니에게는 일요일까지 쉬고 건강하게 월요일부터 출근을 하겠다고 얘기했다.

며칠을 공중에 둥둥 떠다니는 기분으로 보냈다. 무슨 정신으로 삼계탕을 먹으러 와 있는지 모르겠다. 뚝배기에서 보글보글 끓고 있는 삼계탕이었다. 없는 입맛이지만 기력 보충을 위해 숟가락을 든다. 집에 돌아오자마자 꿈나라로 직행한다.

'내일 출근인데 제발….'

늦은 저녁 10시 30분. 사장님께 전화가 왔다.

"예린아, 몸은 괜찮니?"
"많이 나았어요. 바빴죠?"

"바빴지. 지연언니가 고생했지."
"죄송해요." "그래, 내일 보자."

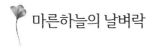 마른하늘의 날벼락

"언니, 얼마나 하면 언니처럼 서빙을 잘 볼 수 있어? 언니처럼 되려면 얼마나 해야 되는 거야?" "예린이 너는 잘하니까 3개월이면 충분해."

"정말 3개월이면 언니처럼 할 수 있어?"

손님이 사 주신 군고구마를 하나씩 손에 쥐며 잠깐의 수다 시간을 가져본다.

"예린이 너는 남자 친구 없어? 만나는 사람 없어? 예린이 너 투잡 하는 거지?"

"28살 때 혼인 신고는 하지 않았지만, 결혼식을 올리고 8개월 정도 결혼 생활을 하다가 헤어진 적이 있어요.”

예전의 나였다면 이런 대화 속에서 어떤 마음이 들었을까? 얼굴 붉히며 당장이라도 도망치고 싶었을 거다. 이제는 많이도 뻔뻔해졌다. 아무렇지 않게 숨기고 싶은 상처를 얘기하고 있었다.

“아, 그렇구나! 그랬었구나!” “투잡? 투잡은 아니고 책 보는 거 좋아하고, 운동하는 거 좋아하고, 그게 다예요.”

그 이상은 얘기하지 않았다. 가슴속에서 생생하게 살아 숨 쉬고 있는 꿈을 이루기 위해 도전하며 나아가고 있는 중이라고…. 고된 하루를 마치고 퇴근을 한다.

“꽝. 꽝. 꽝.”
“도대체 무슨 일이 일어난 거야?”

귀청을 찢을 듯한 굉음과 뒤에서 밀어붙이는 엄청난 충격이 느껴졌다. 교통사고가 일어났다. 마른하늘의 날벼락이었다. 2017년 12월 11일, 하늘이 무너지고 땅이 지하 깊숙이 꺼져버렸다.

“살아 있어? 나 지금 살아 있는 거 맞아? 맞는 거지? 맞지? 도와주세요. 제발 누가 좀 도와주세요. 다리가 부러진 것 같아요.”

에어백이 터지고 순식간에 차 안에 퍼지는 연기와 타는 냄새, 왼쪽 다리로 전해져 오는 참을 수 없는 통증이었다. 천만 다행히도 장기는 쏟아져 나오지 않았다. 엄청난 충격에 장기가 쏟아져 나오는 줄 알았다.

"하나님 감사합니다. 살려주셔서 감사합니다."

사람들이 몰려왔다. 119 대원이 찌그러진 차 문을 뜯어내는 모습이 보인다.

"도와주세요. 차 문이 안 열려요."

119 대원의 신속한 조치로 구급차에 실려 응급실에 도착했다. '왜 나한테 이런 일이 일어난 거지? 왜 하필 나한테?' 내 인생의 업보가 줄줄이 밀려오는 기분이었다.

"흑흑, 흑흑흑, 흑흑."

연락을 받고 응급실에 차례로 가족들이 들어왔다. 아빠에 이어 엄마가 들어온다. 가만! 엄마 얼굴이 이상하다. 하얀 백지장이다. '사람 얼굴이 저렇게도 하얘질 수 있어?' 말도 안 되는 교통사고가 충격적이고 놀라움이지만, 엄마의 하얗게 질린 얼굴색 또한 대단한 충격이고 놀라움이었다.

"엄마."

'하얗게 질린 얼굴을 하고서라도 눈앞에 서 있는 엄마 얼굴이 보이는 걸 보니 살아있는 게 맞긴 맞는구나. 흑흑.'

나를 들이박은 차량 운전자 음주운전. 상대방 차는 QM5, 내 차는 모닝이었다.

"예린아, 괜찮은 거야? 흐흐 흐흑."

사고 연락을 받은 지연언니에게 전화가 왔다. 우는 목소리였다.

"언니, 나 위해서 울어주는 사람도 있고 기분 좋다."

"몸조리 잘하고….'
"그럴게, 언니….'

지연언니의 우는 목소리에 따라 운다. 같이 일하면서 얼마나 정이 들었는지 모른다. 나를 위해 이렇게 뜨겁게 울어주는 사람이 있다니, 가슴이 뭉클해진다. 성모병원 응급실에서 8109호 병실로 옮겨졌다. 통통 부어오르는 다리다.

'힘내자!'
많은 분들의 안부 전화, 문자 메시지, 병문안이 이어진다.

"우리 예린 님한테 왜 이런 시련이 왔는지 모르겠네요. 뼈에는 이

상이 없어야 할 텐데⋯. 오늘은 저녁 당직이라 못 가보고 내일 낮
에 들릴게요. 마음이 너무 아파요."

"좋은 일 오려고, 좋게 생각하고 있어요."

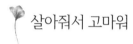 살아줘서 고마워

엄마하고 동생의 배웅을 받으며 수술실에 들어간다. 마음을 비웠다. 비워야 했다. 담당 교수님을 믿었다. 차가운 수술대 위였다.

"부러진 제 다리 잘 부탁할게요."

한마디를 남긴다. 수술을 마치고 나오니 스피치 학원에서 인연을 맺은 평호가 와 있었다. 수술실에 들어가는 바람에 한 시간 반이나 기다렸다고 동생이 귓속말을 해 준다. 마취 기운이 풀리지 않아 흐릿하게 보이는 평호의 얼굴을 확인하고 눈이 감긴다. 모두가 잠든 병실, 혼자 깨어 소리 없는 눈물을 흘리고 있다.

"예린 양, 힘들었죠? 아까 병원에 갔었는데 수술 중이어서 그냥 왔어요. 마음이 아프네요. 수술 한자리 잘 아물고 치료 잘 될 수 있도록 기도할게요. 힘내요. 그리고 얼마 안 되지만 밥 먹을 수 있을 때 먹고 싶은 거 사 먹어요."

지인분의 문자가 위안이 되는 밤이다.

'무슨 죄가 이리도 많기에 공황장애에 이어 교통사고까지…. 이 엄청난 액운을 감당할 수 있을까? 이겨낼 수 있을까? 나에게도 이런 일이 생길 수 있구나. 다른 사람들 얘기인 줄로만 알았는데, 나에게도 일어날 수 있는 일이었구나.'

새로운 출발을 하고 있었는데 마음의 준비도 없이 또 다른 모습으로 찾아온 내 삶의 불행 앞에 흐느껴 운다.

***

"아아악!" 온몸이 덜덜 떨리면서 눈이 번쩍 떠졌다. 사고 후 정신적으로 오는 충격이 컸다. 낮 2시쯤, 가해자가 찾아왔다. 이게 웬일인가? 25살 아가씨다…. 상대방 운전자는 전혀 다치지 않았다. 미안하다는 말만 되풀이할 뿐이었다. 가해자를 마주하고 있는 기분 최악이다.

"어차피 일은 생겼고, 치료 잘 받는 게 먼저인 것 같네요."

나의 20대 시절이 스쳐 지나가면서 눈앞에 앉아 있는 젊은 아가

씨 인생이 불행해질지도 모른다는 생각이 들었다.

"어디 다친데 없어요?"
"저는 다친데 없어요. 정말 죄송합니다." "다행이네요."

'차라리 보지 말 걸….'
상대방 운전자가 다녀간 후 마음이 줄곧 불편했다. 같은 병실에
입원해 있는 환자와 보호자들의 말이 들려온다.

"비 내리고 궂은날, 다친 다리 붙잡고 눈물로 지새우는 억울한 날
이 올 수도 있으니까 보상 잘 받아."

"수술보다 재활치료가 더 힘들어. 보상받을 수 있는 데까지 받아
서 재활 치료 잘해."

맞는 말이다. 젊은 나를 걱정해서 하시는 모두가 맞는 말이었지
만 귀를 막아 버리고 싶었다.

'두꺼바, 두꺼바, 헌 집 줄게. 새 집 다오. 두꺼바, 두꺼바, 헌 다리
줄게. 새 다리 다오. 제발 내 다리 예전처럼 걸을 수 있게 해 다오.
여길 찾아오기까지 그 마음은 오죽했을까? 마음 추스르자. 살아
있는 것만으로도 감사하자.'

가해자를 용서해야 다리가 돌아올 것 같았다. 수술 후 며칠 동안

은 잠에 원수진 사람처럼 잠만 잤다. 독한 약 기운에 취해서 자고, 쌓인 피로감에 취해서 자고, 수술 후 한시름 놓인다는 안도감에 취해서 자고, 복합적으로 오는 잠이었다. 가게 출근 전에 지연언니가 병원에 들렀다.

"언니가 생겨서 좋다."

"예린아, 전에 가게 앞에서 봤던 강아지 데리고 지나가던 언니 생각나? 널 예쁘게 본 모양이야. 걱정하고 있어."

"고마워요 언니들, 너무너무 고마워요."

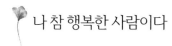# 나 참 행복한 사람이다

아침 일찍부터 병실을 찾아온 엄마의 모습이 보인다. 누워 있는 딸을 보며 타들어가는 엄마의 속을 헤아릴 수나 있을까? '방황하는 나를 잡아줬더라면 얼마나 좋았을까?' 부모님에 대한 원망이 평생을 따라다녔다. 다 쓰러져가는 성남동 지하 단칸방에서 살던 초등학교 시절이었다. 학교 내에서 잦은 글짓기 수상에 이어 전국 글짓기 대회에서 은상을 수상했다.

"정 서방네 인물 났네. 정 서방네 인물 났어."

덩실덩실 춤까지 춰가며 기뻐하던 아빠의 모습이 눈에 선명하다. 우리 예린이가 공부도 잘하고 글짓기도 잘한다고 자랑의 자랑을 하시던 아빠였다. 자랑할 게 없었다. 우리 집에서 자랑할 건 나밖에 없었다. 없는 돈에 엄마가 나를 데리고 백화점에서 유명 브랜

드 원피스를 두 벌이나 사주셨다. 예쁘게 차려입고 아빠와 수상을 하러 서울에서 보낸 1박 2일. 서울에 도착하자마자 높다란 빌딩에 놀라기도 하고 롯데월드 구경에 혼이 쏙 빠지기도 했던 보물과도 같은 추억이 있다.

당시에는 아빠가 택시 운전을 하고 계셨다. 일 끝나고 집으로 돌아오실 때는 가끔씩 신문지에 싼 통닭과 귀했던 과일 중에 하나인 바나나와 파인애플을 사 오기도 하셨다. 평소 못 보던 과일 구경에 자다 말고 깨서 두 눈이 휘둥그레졌었다.

나는 엄마 배에서 안 나오고 아빠 배에서 나왔다고 할 만큼 아빠를 좋아하고 따랐다. 아빠의 노름만 아니었다면 우리 집은 정말로 행복했을 거다. 부모님을 원망하는 마음은 이제 하나도 남아있지 않다. 이미 오래전에 용서했다. 오히려 부모님의 기대에 못미치게 살고 있어서 죄송할 뿐이다. 이혼하려고 마음먹었을 때도 누구보다 가슴 아파할 엄마 때문에 쉽게 결정을 내릴 수가 없었다. 동네 공원 그네에 앉아 엄마에게 미안한 마음에 하염없이 울었었다. 불쌍한 엄마 때문에….

누가 나에게 제일 존경하는 사람이 누구냐고 묻는다면 1초의 망설임도 없이 "엄마"라고 대답한다. 큰돈 물려주지 않았어도, 못 가르쳐 줬어도, 엄마가 살아온 뒷모습이 제일 큰 유산이다. 지금도 친구들은 "예린이 엄마 대단해!"라는 소리를 이따금씩 한다. 바쁜 와중에도 집은 항상 깨끗했고, 도시락 한 번을 빼놓지 않고 싸주셨고, 뭐든 완벽하게 해내는 강한 엄마였다. 엄마…, 내 엄마…. 부모님의 사랑을 내 삶이 힘들다는 이유로 외면하지 않았는지 목숨이 왔다 갔다 하는 큰 사고를 경험하고서야 불효를 깨닫는다.

행복은 거창한 것이 아니다. 행복은 어디 꽁꽁 숨어있는 것도 아니다. 지금 이 순간 행복하다고 마음먹으면 행복한 거고, 불행하다고 마음먹으면 불행한 거다. 가까이에 행복을 두고 멀리서 찾아 헤맸다. 나 참 행복한 사람이다….

엄마가 다녀간 후 늦은 시간까지 같은 병실 환자의 직계가족, 먼 친척, 보험회사, 보조기 대여 영업, 간이 이불, 화장품 파는 사람까지 들락날락 거리는 게 시장판이 따로 없는 병실이었다. 휠체어를 끌고 병실에서 나왔다. 엘리베이터를 타고 1층으로 내려간다. 병원 곳곳에 세워져 있는 크리스마스트리 장식을 구경하며 혼자만의 시간을 보낸다.

"흑흑흑."

젊은 여자의 울음소리가 들려왔다. 여자를 달래는 남자의 목소리도 들렸다. 연인 같기도 하고 부부 같기도 한 남녀의 분위기가 심상치 않았다. 부모님 중, 한 분의 건강상태가 좋지 않은 것 같았다. 어찌나 울음소리가 슬픈지…. 눈치채지 않게 방향을 틀었다. 떨어진 곳에 자리를 잡았다.

'삶과 죽음이라는 게….'

늦은 밤이었지만 아빠에게 전화를 걸고 싶었다. 목소리가 듣고
싶었다. 말하고 싶었다.

"낳아주셔서 고맙습니다. 키워주셔서 감사합니다."라고….

핸드폰을 꺼내 번호를 눌렀다. 속상한 마음이 고스란히 묻어 나
오는 아빠의 목소리였다.

"넌 아직 멀었어."
"아빠, 살아계셔서 고맙습니다. 감사합니다."

나를 응원해 주는 사람들

근육 빠지지 않게 다리 운동을 한다. 예전보다 건강한 다리를 만들겠다는 각오가 되어 있지만, 혹시라도 돌아오지 않을지도 모른다는 경각심에 침대에 누워 다리를 들어 올렸다 내렸다를 반복한다. 엄마랑 동생이 사색이 되어서 병실로 들어온다.

"폐차장에서 찍어 온 언니 차 사진이야. 직접 보니까 너무 놀라서 아직도 진정이 안돼. 폐차장에서 차에 탄 사람 살았냐고 물어보더라. 살아 있으면 기적이라고."

참혹하고 처참한 사고 당시 차를 사진으로 바라보고 있자니 부르르 떨려왔다. 나를 바라보는 엄마와 동생의 두 눈도 떨리고 있었다. 순간 이동이라도 해서 누가 나를 이곳에 데려다 놓은 것만 같았다.

"차 보니까 가슴이 찢어질 정도네요. 저만큼 찌그러진 거면 많이 다쳤을 거라 생각하고 있기 때문이죠. 누나가 살아있어서 정말 다행입니다."

"저희 모두가 걱정하고 있어요. 빨리 퇴원해서 활발하게 활동하셨으면 좋겠어요."

"큰 사고에 놀라고 힘들 텐데, 긍정적인 마음으로 생각하고 계셔서 몸도 빨리 나을 수 있을 것 같아요."

"감기에 장염까지 걸리면서 힘들어 보였는데, 이번 기회에 푹 쉬면서 좋아하는 책 많이 보고 몸과 마음에 휴식을 주길 바래요. 빠른 회복 기도합니다."

"사고차량 상태를 보니 그만하기 천만다행 만만다행입니다."

"요즘 세상이 어떤 세상인데 술 처먹고 운전을 했나? 호랑이가 물어갈 죽일 놈 같으니라고. 천만다행입니다. 2017년 큰 액땜 했다 생각하고 열심히 치료하셔서 빠른 쾌유하기를 빕니다."

"큰 액땜 했다 생각하고 열심히 치료할게요. 모두들 감사드립니다."

'이번 사고가 나에게 있는 액운을 모두 가져갔을 거야. 좌절하지

말자. 그리고 잊지 말자. 많은 사람들이 아파하고 슬퍼하면서 힘이 되어 주어 있다는 사실을.'

마음을 담아 꾹꾹 눌러 적은 글을 스피치 학원 밴드에 올린다.

"김성동 스피치 인생대박훈련소의 문을 두드린 회원 여러분. 스피치 학원의 문을 두드린 이유가 다를 수도 있겠지만, 크게 다르지는 않을 거라 생각됩니다. 2017년 한 해를 마무리하면서 뒤돌아보니 스피치 학원의 문을 두드린, 이젠 추억이 되어 버린 그때가 생각납니다. 똑똑똑. 저에게는 행운의 문이었습니다. 행운의 문이 열리면서 행운 가득한 일들이 생기고 행운 가득한 마음이 자라나기 시작했습니다.

2017년 1월 25일 김성동 스피치의 문을 두드린 첫날, 시작은 미약했습니다. 미약한 힘이었지만 간절히 변하고 싶었고, 온 마음을 다해 노력이라는 걸음으로 걸어왔습니다. 때론 힘들어서 주저앉고도 싶었지만 나약한 마음이 저를 무너뜨리지 못하게 더욱 인내로 끈기로 노력해 왔습니다. 미약한 힘이 반복되면서 점점 큰 힘이 되어 내면의 중심을 잡아주고 있습니다. 단단하게 자리 잡은 내면의 힘은 더욱 커지고 있다는 것도 느낍니다.

혼자 힘으로는 불가능했을 일들을 존경하는 김성동 소장님을 만나고 회원분들을 만나면서 가능한 일들로 변해 버렸습니다. 우리는 함께이기에 가능합니다. 기쁨도 슬픔도 함께 나눌 수 있는 회원분들을 만나게 되어 감사드립니다.

오늘도 감사합니다.
오늘도 고맙습니다.
오늘도 사랑합니다.
이 모든 게 다 여러분 덕분입니다.

다가오는 2018년을 두근두근 설레는 마음으로 기다려 봅니다. 호기심과 모험심 가득한 어린아이의 맑고 순수한 눈빛으로 기대도 해봅니다. 김성동 스피치 인생대박훈련소 회원분들을 만나 행복한 여자 정예린 올림."

제4장
김성동 스피치 인생대박훈련소 조교로 임명합니다

스승의 은혜
포기하지 마
아직 끝나지 않은 공황장애
웃으면 복이 온다
난 정말 괜찮으니까
연습, 그리고 연습
실전 훈련이 답이다
김성동 스피치 인생대박훈련소 야외실습 훈련 조교
꼭! 해내고 싶습니다
다른 사람을 돕는 것은 나의 기쁨

 스승의 은혜

"쓱쓱, 쓱쓱."

'밤사이 눈이라도 많이 내린 걸까?' 눈을 삽으로 쓸어내는 소리
였다. 아니나 다를까? 병실 창문을 활짝 열어보니 뽀얀 눈이 온
동네 지붕을 덮어 버렸다. 새로 옮긴 개인 병원에서의 아침이다.

아침식사 후 탕비실에서 엄마가 만들어 준 버섯볶음, 호박볶음
먹은 그릇을 설거지한다. 눈 내린 바깥 경치를 바라보며 설거지
하는 기분이 최고였다. 비록 보조기 착용과 휠체어에 앉아서 하
는 일상생활이었지만, 혼자서 할 수 있는 일이 늘고 있었다.

백제 병원 406호, 중년 여성 두 명의 환자와 병실을 쓰고 있다.
준비하고 오전 물리치료를 받으러 내려간다. 자리에 누워 물리치

료를 받는다. 창문 밖, 눈 내린 도로를 달리는 자동차들은 저마다의 목적지를 향해 가고 있었다.

'다들 어디를 향해 가는 걸까?' 핸드폰이 손에 잡혔다. 밴드에 올라온 사진과 동영상 속에서는 스피치 학원 회원들의 발표대회 모습이 보였다.

"발표대회를 준비하는 과정 속에서 많은 것을 경험하고, 느꼈을 거라 생각됩니다. 노력의 시간이 여러분들의 성장과 앞날에 큰 힘이 되어 줄 겁니다. 도전하는 사람이 아름답습니다. 단체사진 속에서 아름다운 빛이 납니다. 더욱 큰 빛으로 성장해 많은 사람들에게 희망의 빛을 비추길 응원합니다."

"이젠 선배님이야. 없어서 무척 아쉬웠지만, 또 만날 것을 알기에. 김치는 묵혀봐야 진가를 알듯 사람도 오래 사귀어봐야 안다. 예린이는 묵은지네."

"소장님을 만난 건 제 일생일대의 행운입니다. 소장님의 가르침 마음속 깊이 간직하고 있습니다."

스승의 은혜라는 노래를 무릎 꿇고 앉아 두 손 모아 양 뺨이 젖도록 눈물 흘리며 불렀던 적이 있다.

"공황장애는 병도 아니야. 내일 산악 스피치 가는데 예린 씨도 같이 가요."

소장님의 이 말 한마디… 유창하고 화려한 말이 아닌 진심이 느껴지는 이 말 한마디… 때문에 공황장애라는 말도 안 되는 몸으로 대둔산 산악 스피치를 따라갈 용기를 낼 수 있었다. 더 이상 내려갈 곳 없는 인생의 밑바닥이라고 생각했던 그때, 운명처럼 나의 손을 잡아 준 소장님을 만나지 못했다면 지금의 나는 어떤 모습일까? 소장님께 받은 은혜 잊지 않고 살아가려고 한다. 간절함이 없어져서 나태해질까 봐, 안일한 삶을 살게 될까 봐, 나를 돌아보며 삶에 대한 긴장감을 놓지 않으려 한다.

'가르치신 그 교훈 마음에 새겨 나라 위해 겨레 위해 일하오리다.'

"나는 홍익인간으로서 나를 갖추고 이웃을 위해, 사회를 위해, 국가를 위해, 인류를 위해, 하늘을 위해 나는 무엇을 할 것인가? 하는 큰 뜻을 갖고 있습니다. 꼭 해내겠습니다."

스피치 학원 소훈은 아로새겨졌다. 물리치료를 끝내고 병실로 돌아와 밴드에 올라온 동영상 댓글 달기를 마무리한다. 스피치 학원 회원분들이 세상과 선한 에너지를 나눌 수 있게 되길 바라며 나 또한 긍정 에너지를 나누어 드린다.

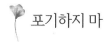 포기하지 마

친척들과 지인들이 다녀갔고, 같이 입원해 있던 환자들도 퇴원했다. 그 후로 대상포진으로 입원한 50대 환자, 교통사고(접촉사고)로 입원한 50대 환자, 결혼을 앞둔 20대 예비신부 환자가 입원을 하고 퇴원을 하는 동안 여전히 나는 입원 중이다. 병원생활이 길어질수록 창문에 서 있는 시간이 많아졌다. 지독한 고통과 싸워야 했다. 보조기를 단단히 착용했다. 목발을 짚고 병실을 걷는다.

"원래 처음이 어려운 거야."

목발에 의지해 주춤주춤 걷는 걸음걸이가 불안했다.

"꿈을 향한 노력, 끈기, 열정, 몰입, 집중, 정성, 믿음이야."

꿈을 쉽게 이루는 사람은 없다. 꿈을 향해 나아가는 길에 불어 닥치는 난관이라는 거센 바람을 온몸으로 맞서 싸워 이겨내야 한다. 꿈을 방해하는 난관에 두려워해서 포기한다면 도전자가 아니다. 나는 도전자다.

"힘을 내보자. 나가보자. 해보자."

병실 문을 박차고 나왔다. 엘리베이터를 타고 내려간다. 교통사고 후유증으로 엘리베이터를 타는 게 쉽지 않았지만 이것도 내가 이겨내야 할 난관 중에 하나다. 엘리베이터 문이 열리고 공기부터 다른 병원 밖 세상이 펼쳐진다. 입원 후 목발을 짚고 제일 멀리까지 걸어 나오는 기록도 세워본다. 붉은 노을이 걸리고 그 위로 누운 초승달이 나의 꿈을 응원해 준다.

***

"지독하게 물고 늘어지자."

몇 주째 재활운동에 매달리고 있다.

"누가 대신해서 살아주는 거 아니잖아. 이까짓 게 뭐라고 벌벌 떨어."

휠체어에서 목발 두 개로, 이젠 목발 하나로 줄었다.

"다리 다 안 돌아올 수도 있어."
"그러니까 끝까지 해야지 돌아오는 거야. 중간에 포기했더니 거기서부터 멈췄어."

아침 운동을 끝내고 물리치료를 받던 중 환자들이 경험담을 들려준다.

'아니? 이게 무슨 소리야? 내 다리? 설마 나도?'

나라고 예외일 수는 없다. 물리치료를 끝내고 운동을 나간다.

'다리 운동 갑니다. 급한 일 있으면 전화 주세요.'

침대 위에 핸드폰 번호를 남겨 놓는다. 절뚝거리는 내 모습, 구부러지지 않는 뻣뻣한 다리, 환자복이 일상복처럼 자연스럽기까지 했다.

"싫어, 싫단 말이야." 꺾이지 않는 뻣뻣한 다리를 할 수만 있다면 한 번에 확! 꺾어 버리고만 싶었다. "이런 빌어먹을, 제기랄!" 화가 났다. 욕도 튀어나왔다. 포기하고 싶은 마음이 수도 없이 올라온다. 수도 없이, 수도 없이, 수도 없이….

처음부터 알 순 없는 거야
그 누구도 본 적 없는 내일

기대만큼 두려운 미래지만
너와 함께 달려가는 거야

힘이 들면 그대로 멈춰 눈물 흘려도 좋아
이제 시작이란 마음만은 잊지 마
내 전부를 거는 거야 모든 순간을 위해
넌 알잖니 우리 삶엔 연습이란 없음을
마지막에 비로소 나 웃는 그날까지
포기는 안 해 내겐 꿈이 있잖아

마음이 힘들 때마다 즐겨 부르던 노래다. 이어폰에서 흘러나오는 김민교의 '마지막 승부' 노래 가사를 따라 부른다. "내 전부를 거는 거야 모든 순간을 위해. 넌 알잖니 우리 삶엔 연습이란 없음을. 마지막에 비로소 나 웃는 그날까지. 포기는 안 해, 내겐 꿈이 있잖아."

포기하면 안 되는 이유 하나, 둘, 셋, 넷, 다섯, 여섯, 일곱, 여덟, 아홉, 열. 숫자를 세고 있다.

"자! 다시 세어보자. 하나, 둘, 셋, 넷, 다섯, 여섯, 일곱, 여덟, 아홉, 열…. 내 전부를 걸어도 좋을 만큼 가슴 뛰는 꿈이 있잖아. 하나, 둘, 셋, 넷, 다섯, 여섯, 일곱, 여덟, 아홉, 열."

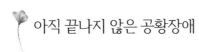

아직 끝나지 않은 공황장애

‘택시 기사 아저씨 운전 정말 난폭하게 하신다.’ 외출중을 끊고 집으로 향하는 택시 안이다. “기사님, 제가 교통사고가 난 지 얼마 되지 않아서요. 천천히 운전해 주세요. 부탁드릴게요.” 택시를 타고 집으로 가는 내내 주위를 살피고 있는 내 모습을 발견한다. 사고 후유증으로 당분간 차를 타기는 힘들 것 같다. 우여곡절 끝에 집에 도착했다.

‘뭐지?’

잊고 있었던 강렬한 공황발작이 올라왔다. 방 안 창문을 열고 현관문도 열어젖힌다. 당장이라도 어떻게 되어 버릴 것만 같은 이 느낌…, 미쳐버릴 것만 같은 이 느낌…, 죽을 것만 같은 이 느낌…. 최고치로 올라오는 공황발작에 방과 복도 사이를 들락날락

거린다.

"공황발작이 올 때마다 잘 견뎌냈으니 이번에도 잘 견뎌낼 것이다. 이번에도 나는 살아날 것이다."

퍽!

방 안에서 쓰러졌다. 조금만 긴장을 풀어버리면 이대로 죽을 수 있겠다는 생각에 정신 줄을 붙잡고 놓지 않았다. '질식할 것 같은 호흡곤란 증상도, 극도의 공포감에 온몸을 두렵게 하는 증상도, 지나가리라. 이 또한 지나가리라.' 가늠할 수 없는 시간이 지나갔다. 완전히 회복되기까지 두 시간이 걸렸다.

'간헐적 공황발작이 느닷없이 또 올 수도 있구나….'

정성 들여 차곡차곡 쌓아 올린 공든 탑은 무너지지 않는다. 고난, 역경, 좌절, 시련에 흔들리거나 무너지지 않는 나만의 공든 탑을 쌓아왔다. 느닷없이 찾아온 강렬한 공황발작 앞에 가슴이 철렁거릴 정도로 놀랐지만 마음의 동요를 불러일으키지는 못했다. 견고하게, 단단하게 자리 잡은 나를 믿는 신뢰감은 위기의 순간에 빛을 발하고 있었다.

삶에 대한 최선의 노력을 다하고 있다는 가슴속 밑바닥에서부터 우러나오는 자부심은, 간헐적 공황발작 앞에서 나 자신을 지켜낼 수 있는 힘을 준다.

나만 힘든 것이 아니다. 대학병원에서, 지금 입원해 있는 병원에서 보아온 불의의 사고로 고통받고 있는 환자들에 비하면 나는 아무것도 아니다. 누구나 각자가 짊어져야 하는 삶의 무게가 있는 것이다.

간헐적 공황발작이 앞으로 얼마든지 올 수 있다. 빨리 낫고 싶은 마음은 굴뚝같지만 '급할수록 돌아가라'는 말처럼 충분한 시간을 허락하려 한다. 외출에서 병실로 돌아와 몸을 벽에 기댔다. 그대로 잠이 들어 버렸다. 한숨 자고 일어나 부지런히 저녁 운동을 나갈 준비를 한다.

'현명하게 상황을 대처하자. 이미 일어난 우울한 일을 빨리 잊어 버리자.'

겨울밤 하늘, 반짝거리는 별을 보며 끈기라는 재능을 주셔서 감사드린다고 혼잣말을 했다.

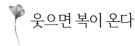 웃으면 복이 온다

퇴원하고 집에 돌아오면 마냥 기쁠 줄 알았는데 착각이 지나쳤
다. 지나쳐도 너무 지나쳤다. 넘어야 할 산이 떡하니 나를 기다리
고 있었다. 계단이라는 장애물은 기본이었다. 욕실에서 미끄러질
까 봐, 방에서 넘어 질까 봐, 조심조심했다. 평범하고 당연했던 일
상이 이토록 그리울 줄이야…. 당장 재활 기계부터 렌털 했다. 아
침, 저녁 운동을 제외하고 하루 네 시간을 재활 기계에 의지했다.

"절대로 포기하지 말자."

아홉 글자를 큼지막하게 적어서 벽에 붙였다. 나가는 현관문에도
붙였다. 눈에 보이는 곳곳에 붙였다.

"포기는 성공하지 못한 사람들의 넋두리일 뿐이야."

택시를 타고 엄마 집에 왔다. 욕조에 물을 가득 받았다. 욕조 속에 들어가 다리를 꺾는다. "으악!" 터져 나오는 비명이었다. '엄마 때문에 울지도 못하겠다….'

입을 틀어막았다. 억지로 꺾는다. 꺾어야 다리가 돌아오니까. 고통스러우면 고통스러울수록 다리는 꺾이고 있으니까. 젖 먹던 힘까지 짜냈다. 녹초가 된 몸을 충전하고 엄마 집 바로 앞에 있는 하상도로로 가벼운 산책을 나왔다.

"오늘의 날씨는 흐림입니다." 흐린 날씨와 덩달아 마음의 날씨도 흐리다고 일기예보를 해주지만, 그럴수록 긍정적인 생각을 떠올리고 웃으려 한다.

"없는 희망도 만들어 내는 나잖아."

웃자.

"하하하, 하하하."
흐린 하늘을 바라보며 웃는다.

"하하하, 하하하." 바람에 흔들리는 갈대들을 보면서도 웃는다. "하하하, 하하하." 내 다리 돌려달라고 땅바닥에 주저앉아 대성통곡이라도 하고 싶지만 그래도 웃는다. "하하하, 하하하, 웃으면 복이 온다. 맘껏 웃자. 우하하하. 우하하하." 지나가는 사람들이 보든지 말든지 상관없이 웃는다. 얼마나 밝은 표정과 미소로 웃고 있는지 거울에 비춰보지 않아도 알 수 있다. 힘들 때일수록 웃으려고 백 번도, 천 번도 넘게 연습해 왔으니까.

"이렇게 화나고 슬픈데 나처럼 웃을 수 있는 사람 있으면 나와보라고 해. 하하하, 하하하, 우하하하."

"사랑해, 정예린. 너무너무 사랑해."
"고마워, 정예린. 너무너무 고마워."

내 안에서 감사의 이유를 찾고 또 찾고 있다.

'몇 개월 만에 하상도로를 걷고 있는지 모릅니다. 살아서 이 길을 다시 걷게 해 주셔서 감사합니다. 흐린 날씨의 하늘이지만 하늘을 올려다볼 수 있게 해 주셔서 감사합니다. 자식을 잃을 뻔한 고통을 부모님께 안겨 주지 않게 해 주셔서 감사합니다. 자식으로서 부모님께 저지를 수 있는 최악의 불효를 저지르지 않게 해 주셔서 감사합니다.'

"행복하다. 행복하다. 행복하다. 우하하하."

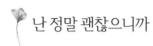 난 정말 괜찮으니까

성모병원에 왔다. 접수를 하고 손해사정사 인과 진료 차례를 기다리고 있다. 수술한 왼쪽 다리에는 10센티, 6센티, 두 곳에 난 흉터와 철심이 박혀있다. 진료 결과가 좋았다. 다리는 잘 낫고 있고 3개월 뒤에 진료하기로 결정되었다.

'......'

아버지는 편찮으시고, 어머니는 지체장애, 31살 오빠는 트레이너라고 얘기하는 가해자 측의 말을 커피숍에 앉아서 듣고 있다. '어디까지가 진짜이고, 어디까지가 거짓일까? 어디까지 믿어야 하는 걸까?'

솔직히 이런저런 생각이 들기는 했지만 '거짓을 얘기하고 있지는 않을 거다' 라는 쪽으로 마음이 기울었다. 맞은 놈은 발 뻗고 자도, 때린 놈은 발 뻗고 못 잔다고 한 내 말이 고마웠다고 한다.

다친 나도 힘들지만 가해자 측에서도 마음고생하고 있을 거란 진심에서 나온 말이었다. 그렇게 생각한 덕분에 다리가 빠르게 낫고 있다고까지 생각했다.

가해자 측 주변에서도 말들이 많았다고 한다. "전치 12주면 사람 죽었다 살아온 거다", "피해자 측에서 봐준다고 하면 합의금 깎아 달라고 해라" 등의 말들이었다고 한다. 실제로 형편이 어려우면 합의금 조절도 해주겠다고 얘기했다. 살아가는데 돈이 중요하기는 하지만 아득바득하면서까지 합의금을 챙기고 싶지 않았다.

"꿈 있어?" 뜬금없는 질문에 간호사가 되고 싶다고 대답하는 가해자였다. 얘기를 들어 보니 집에서는 장남인 오빠를 챙기느라 가해자에게는 소홀한 부분이 있었던 것 같다.

'그 꿈 꼭! 이루었으면 좋겠다.'

이번 사고로 몸 고생, 마음고생, 숱한 고생을 하고 있지만 가해자는 나보다 더한 마음고생을 했을 거라 생각한다. 인생 고민으로 방황하는 20대의 소중한 시간을 이제 그만 마무리하고 책을 읽고, 자기 계발을 하고, 꿈을 이루기 위해 노력하는 시간으로 채우라고 말하고 싶다.

술에 취해 비틀거리는 시간에, 하릴없이 커피숍에 앉아 친구와 수다 떠는 시간에, 아무 생각 없이 핸드폰에 빠져 있는 시간에, 누군가는 꿈을 향해 열심히 달려가고 있음을 알기 바란다.

'어떤 용기의 말을 해줄 수 있을까?'

여러 말보다는 한 권의 책이 낫겠다는 생각이 들었다. 가해자와 합의를 끝내고 커피숍 바로 옆에 있는 계룡문고에 들렀다. 책 한 권을 골라 선물하고 괜찮은 척, 쿨한 척, 씩씩한 척, 척, 척, 척, 척은 다하면서 뒤돌아섰지만 재활 과정에서 올 고통과 평생 끌어안고 살아야 할 다친 다리 생각에 막막했다.

막혔다. 한참 됐다. 풀리지 않는 답답함을 견디는 시간들이… 그동안 쌓인 체증이 뒤죽박죽 뒤엉켜 풀려나가는 과정 이리라. 가해자에게서 선물한 책 두 번 정독했고, 앞으로는 책을 읽을 거라는 문자가 왔다.

일회성에 그치지 말고 독서 습관으로 자리 잡아 책과 함께 성장하기를 기도한다. 그리고 살면서 가해자가 나 때문에 자책하거나, 괴로워하지 않기를, 난 정말 괜찮으니까.

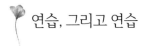 연습, 그리고 연습

빠르게 일상으로 돌아오고 있었다.

"스피치 연습 셀카 동영상을 시작합니다."

완벽하게 하려고 하면 할수록 셀카 동영상을 찍을 수가 없었다. 변하는 주변 환경에 맞춰야 할 때도 있었다. 화장을 못해서, 준비가 안돼서, 자신감이 없어서, 부족한 것 같아서, 과연 이렇게 한다고 변하기는 할까? 이런 생각을 가지고는 셀카 동영상을 찍을 수가 없었다. 처음에는 그냥 찍어야 한다.

처음부터 잘하려고 한다면 그건 욕심이 지나친 거다. 처음 해보는 거니까 부족하고 모자란 것이 당연하다. 그걸 인정하니까 마음이 편했다. 단, 반복적이고 지속적이어야 했다. 변하고자 하는 만큼 노력하면 된다. 세상에는 공짜가 없으니까. 얼마나 셀카 동영상에 목숨 걸었는지 교통사고 당시 상황에서도 바닥에 떨어진 핸드폰을 정신없이 찾았다. "제 핸드폰으로 누가 사고 현장 사진 좀 찍어주세요. 제발 부탁드려요." 그 상황에서 셀카 동영상을 찍겠다는 것이 아니라 그 상황에서도 핸드폰을 찾을 만큼 몸에 습관이 되어 있었던 것이다.

매일 주제를 다르게 해서 셀카 동영상을 찍었기 때문에 주제에 대한 고민이 많았다. 밥을 먹다가도, 길거리를 걷다가도, 책을 읽다가도, 주변 사람들과의 대화 속에서도 어떤 주제로 동영상을 찍을지 항상 생각을 해야 했다. 처음에는 시시콜콜한 애기부터 시작했지만 어느 단계를 뛰어넘으면서부터는 동영상을 보는 회원들에게 도움이 되는 애기를 전달하고 싶었다. 공부도 많이 하게 되고 고민도 깊어졌다.

어느 날은 아무리 떠올리고 떠올려도 셀카 동영상 주제를 찾지 못하는 날도 있었다. 그럴 땐 가만히 있지 않고 몸을 움직였다. 걷고 또 걸었다. 그렇게 걷다가 충남학원 들어가는 입구에 걸려있는 글귀가 눈에 번쩍 들어왔다.

역사상 많은 인물들이 자신의 꿈을 이루는 과정에서 '할 수 없다'는 도전에 직면하여 성공을 이루어 냈습니다.

루드비히 반 베토벤 – 명실공히 세계가 인정한 유명 작곡가. 어린 시절 음악 선생님으로부터 재능이 없다는 평을 들었습니다. 실제로 그 선생은 베토벤에 대해 "작곡가로서 그는 전혀 희망이 없었다"라고 말했습니다.

에디슨 – 에디슨은 '혼란스러운 아이'라는 오명을 쓰고 13세 때 학교에서 퇴학을 당했습니다.

아인슈타인 – "우둔하다. 비사교적이며 몽상가로 영원히 방황할 것입니다." 아인슈타인의 초등학교 담임 선생님이 생활 기록부에 적은 평가입니다.

비틀즈 – 1963. 데카 음반회사는 무명의 그룹인 비틀즈와 함께 일할 기회를 차 버렸습니다. 그 이유는 "그들의 사운드와 그런 방식의 기타 연주가 싫다"는 것이었습니다. 이 '무명의' 음악가들은 그 후 전설적인 뮤지션들이 되었습니다.

월트 디즈니 – 세계적인 만화가이자 영화제작자인 그는 젊은 시절 캔사스 시에서 신문 편집자로 일하라는 충고를 받았습니다.

"당신은 창의적이거나 독창적인 아이디어가 전혀 없다"는 평과 함께….

마이클 조던 – 전 시대를 통틀어 세계 최고의 농구 선수. 그러나 고교 재학 시절 그는 학교에서 탈락되었습니다.

"이거다, 이거야. 이 글귀가 나에게도 도움이 되지만 어떻게 하면 스피치 학원의 젊은 친구들에게도 도움이 되게 전달할 수 있을까? 어떻게 행동으로 이끌어 줄 수 있을까?"

동영상을 어떻게 찍을지 고민을 한 후, 셀카 동영상을 찍었다. 강사처럼, 리포터처럼, 정치인처럼, 사회운동가처럼, 교수님처럼, 편한 동네누나처럼, 친구처럼, 전달하고자 하는 내용에 맞춰 내 모습에도 변화를 주면서 동영상을 찍었다. 다양한 방법들을 시도하면서 나만의 말하기 스타일이 잡혀가고 있었다.

실전 훈련이 답이다

도전하고 부딪쳐야 한다. 발표불안 극복과 스피치 능력은 실전 훈련이 답이다.

"○○○ 님과 저의 큰 교실 은행동 으능정이 거리에 나와 있습니다. 매번 혼자 나오다가 오늘은 ○○○ 님과 나오게 되었습니다. ○○○ 님 옆에서 리드를 잘해드려야겠다는 생각이 듭니다. 저의 셀카 동영상 다음에는 ○○○ 님께서 무선마이크를 들고 셀카 동영상에 도전하실 겁니다. 응원의 박수 보내주세요."

"행사용 핑크색 반짝이 조끼와, 빨간 모자를 쓰고 으능정이 거리에 ○○○ 님과 나왔습니다. 휴일을 맞이해서 정말 많은 사람들이 나와 있습니다. 이곳에서 노은농수산물 도매시장에서 열렸던 아줌마 대축제에 다섯 명의 스피치 회원들과 참가해서 인기상을 수상한 나상도의 '벌떡 일어나' 노래와 안무를 시작해보겠습니다.

둥근 해가 떴습니다. 일어나라, 일어나라. 우리나라 좋은 나라. 일어나라, 일어나라. 방방곡곡 세상만사 빙글빙글 돌아가는데, 일거리 먹거리 구경거리 너무 많은데. 벌떡 벌떡 벌떡 일어나~ 벌떡 벌떡 벌떡 일어나~ 새 아침이 밝아 왔네요~ 나의 도전! 성공! 성공! 이어지는 ○○○ 님의 도전 영상 기대해 주세요."

"○○○ 님과 자신감 훈련을 하려고 시내버스를 기다리고 있습니다. 버스가 오고 있네요. 기사님, 버스 승객 여러분. 자신감 훈련을 하고 있습니다. 좋은 글귀가 있어서 버스 승객분들과 공유를 하고 싶습니다.(스피치 학원 교재에 실려 있는 정채봉 시인의 '만남'이란 시를 읽는다.)

가장 잘못된 만남은 생선과 같은 만남이다. 만날수록 비린내가 묻어오니까. 가장 조심해야 할 만남은 꽃송이 같은 만남이다. 피어있을 때는 환호하다가 시들면 버리니까. 가장 비천한 만남은 건전지와 같은 만남이다. 힘이 있을 때는 간수하다가 힘이 다 닳았을 때는 버리니까. 가장 시간이 아까운 만남은 지우개 같은 만남이다. 금방의 만남이 순식간에 지워지니까. 가장 아름다운 만남은 손수건 같은 만남이다. 힘이 들 때는 땀을 닦아주고 슬플 때는 눈물을 닦아주니까. 버스 승객 여러분! 손수건 같은 만남 가득한 날 되세요."

"예린 씨, 자신감 훈련 저도 하고 싶어요."
"밴드 속으로 거침없이 질주하는 예린 씨 멋집니다."

쉽고 빠르게 변할 수 있는 편법은 없다. 지금의 실력을 인정하고 방법을 찾아 실력을 높이려고 애써야 한다. 생각을 바꿔야 한다. 남들이 안 된다고 포기할 때 같이 포기하면 안 된다. 나는 된다고 믿고 움직이는 이런 작은 차이가 쌓여 진짜 실력이 되는 것이다.

시행착오를 피해서도 안 된다. 시행착오를 겪어야만 문제점도 파악이 되고, 좋은 방법을 모색할 수 있다. 시행착오를 피하겠다는 마음부터 버려야 한다. 욕먹을 각오도 해야 한다. 체면도 버릴 줄 알아야 한다. 혹독하게 깨질 준비가 되어있다면 성장 속도는 생각보다 빠를 것이다.

김성동 스피치 인생대박훈련소 야외실습 훈련 조교

"제가 54년을 살면서 처음으로 대중 앞에서 스피치(웅변) 했다는 게 뜻깊은 날이었습니다. 학창 시절 연단에 올라가서 웅변하는 친구들을 볼 때 너무 부러웠고, 나하고는 다른 세상에 사는 사람들 같았습니다. 정말 해보고 싶었는데 어제 했다는 게 꿈만 같습니다. 소장님. 그리고 회원님들 고맙습니다. 시작은 반이라고 했습니다. 앞으로 더욱더 정진하여 후회하지 않는 삶을 살겠습니다."

스피치 학원 밴드에 올라온 글에 누구보다 공감을 한다. 스피치 학원을 간다. "할 수 있습니다. 용기를 내세요." 동기부여를 하러 간다.

"스피치 학원을 찾아온 이후 1년 3개월이라는 시간이 지나갔습니다. 이 시간 동안 저에게는 기적과도 같은 변화가 있었습니다. 지푸라기라도 잡는 심정으로 스피치 학원을 찾아왔을 때 저에게는 공황장애와 대인관계에 대한 어려움도 있었고, 내성적이고, 소극적인 사람이었습니다. 그랬던 제가 여러분들 앞에서 발표를 하고 있습니다. 저 혼자의 힘이었다면 불가능했을 일을 회원분들이 응원해주시고, 손 잡아주시고, 이끌어주시고, 당겨주시는 과정 속에서 성장을 했습니다. 배워가는 도중에 겪게 되는 고난의 시간이 있습니다. 고난의 시간에 좌절하지 말고 묵묵히 받아들이며 꾸준히 나아간다면 변화된 나, 발전된 나, 성장한 나의 모습을 발견하는 날이 올 겁니다."

"와!"
"짝짝짝."

스피치 학원의 문을 두드린 이후, 앞만 보며 달려왔다. 어느덧 스피치 학원 야외실습 훈련 조교가 되어 후배들 앞에서 동기부여를 하고 있다. 후배들과 나의 도전 장소들을 찾아가 쌓아온 경험을 나누게 되는 가슴 벅찬 순간도 있었다. 인생의 밑거름이 되어 준 지난 도전의 순간들에 감사한다. 다가 올 도전의 순간들에도 미리 감사한다. 도전 경험들을 발판 삼아 계속해서 나는 변화하고, 발전하고, 성장해 나갈 것이다. 진정한 노력은 배신하지 않는다고 믿었다.

"미쳤어? 미친 거 아냐?"

살면서 미쳤다는 소리를 제일 많이 들어 본 때이다. 나 스스로에게 조차도 그랬으니까. "일 년만 미쳐보자." 이 말을 닳도록 외쳤다. 극한 훈련의 연속이었던 일 년의 경험은 몇 년 치의 경험을 안겨 주었다. 타고난 운명은 얼마든지 바꿀 수 있다. 기회는 만들어 가는 것, 꿈은 만들어 가는 것, 운명은 만들어 가는 것이다.

김성동 스피치 인생대박훈련소 야외실습 훈련 조교로 임명되고, 셀카 동영상 300회 달성패와 내 이름이 박힌 명함도 나왔다. 감격을 넘어 영광스럽기까지 한 날이었다. 결코 쉽지 않은 길이었다. 쉬운 길이 아닌 험한 길을 택했기 때문에 오늘의 내가 있다는 건 확실하다.

진정한 노력은 배신하지 않았다. 만약 기회의 문이 열리지 않는다면 기회의 문이 열릴 때까지 두드리지 않았기 때문이다. 그 정도로는 간절하지 않았기 때문이다. 죽도록 버티면 고비를 넘길 때마다 기회가 찾아온다. 어느 날 기적처럼 변해있는 자신을 보고 놀라게 되는 날을 꿈 꾼다면, 오직 행동뿐이다. 기적은 실천하고 행동하는 사람에게 찾아온다.

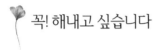 꼭! 해내고 싶습니다

김성동 스피치 인생대박훈련소 야외실습 훈련 조교로서의 사명감은 가슴속에서 날로 불타오르고 있다. 매일 스피치 연습을 했고, 연습하는 모습을 핸드폰 동영상으로 찍어 밴드에 올렸다. 회원들이 올리는 셀카 동영상에 댓글도 매일 달았다. 문제는 아무리 스피치 연습을 해도 도무지 늘지 않는 실력이었다.

제대로 하고 있는 건지 의심이 드는 날도 많았다. 변화는 서서히 이루어져 가고 있었다. 1회, 2회, 3회, 4회, 5회, 6회, 7회, 8회, 9회, 10회… 100회, 200회, 300회, 320회….

셀카 동영상 100회를 넘기고 셀카 동영상 200회 때의 달라진 모습을 기대하며 도전장을 내밀었다. 셀카 동영상 200회를 넘기고 셀카 동영상 300회 때의 달라진 모습을 또다시 기대하면서 기초를 갈고닦아 나갔다. 이 과정 속에서 화술이라는 것도 엄청난 시간과 노력이 들어가야 한다는 것을 깨달았다. 게으름을 피울 시간이 없었다.

과거 동영상을 모니터 하면서 손발이 오그라들 때도 많았다. 대단한 발전이라 생각했던 동영상도 시간이 지나고 다시 보면 어색하기 이를 데 없었다. 한편으로는 기뻤다. 그만큼 발전했다는 증거였기 때문이다. 과거 동영상이 지금보다 좋아 보인다면 그건 발전하지 못했다는 증거인 거다.

마음껏 스피치 연습하고, 마음껏 글을 쓰고, 마음껏 소통했다. 비슷한 이유로 모인 회원들이라 편안하게 공감되면서 소통이 되었다. 때론 힘에 부칠 때도 있었다. 그럴 땐 도전 동영상과 과거에 썼던 글들 전부를 찾아가며 동기부여를 하고 힘을 냈다.

"정예린, 잘할 수 있잖아. 지금보다 더 잘할 수 있잖아."

대전성남초등학교 4학년 4반 1992년도 학급문집(노래하는 교실)에 실린 같은 반 친구가 쓴 글 내용의 일부분이다.

"내가 우리 학교 자랑을 두 가지만 할게. 첫 번째 자랑은(앞부분 생략)... 두 번째 자랑은 글짓기인데 내 앞자리에 앉아 있는 정예린은 생명보험협회와 소년조선일보가 공동주최한 제16회 전국 국민학교 어린이 생명보험글짓기 대회에서 장학금도 타고 은상도 수상 했지.”

초등학교 때 글짓기를 잘해서 수상 경험이 많기는 하지만 난 지극히 평범한 사람이다.

“예린아, 내 글짓기 숙제도 해주면 안 돼? 너는 쓰기만 하면 상을 타잖아.”

친구들은 내가 글을 쉽게 쓰는 줄로 오해하고 있었다. 나 역시 다른 친구들과 마찬가지로 힘들게 글짓기 숙제를 제출했다는 사실을 친구들은 모른다.

“나도 힘들게 써서 제출하는 거야.”

몇몇 친구들한테 여러 번 얘기했지만 아무도 믿지 않았다. 그 이후로는 얘기를 꺼낼 수가 없었다. 어차피 친구들은 믿지 않을 테니까….

평범한 나이기에 노력에 목숨 걸었는지도 모른다. 방법이나 노하우는 처음부터 없었다. 미련스러울 정도로 매일 하는 것뿐이었다. 동시에 “어떻게 하면 지금보다 잘할 수 있을까?”를 고민하고 연구하면서 수많은 시행착오를 겪게 되었다. 돈 주고도 살 수 없는 나만의 자산을 갖게 된 셈이었다. 매일 댓글을 달고 글을 쓰다 보니 글쓰기 실력이 늘기 시작했고, '나만의 이야기가 담긴 책을 써보자' 라는 생각까지 하게 되었다. 처음부터 계획한 것이 아니라 잘하려고 하다 보니까 목표 설정이 되고, 높은 목표를 향해 가고 있었다.

과정 없는 결과는 없다. 과정을 겪어야 결과가 있는 것이다. 반드시 거쳐야 할 힘겨운 과정을 거치면서 나의 꿈은 계단을 오르듯 이루어져 가고 있다.

다른 사람을 돕는 것은 나의 기쁨

제14회 김성동 스피치 웅변/노래 경연대회를 앞두고 1부 사회 준비, 처음 대회에 참가하는 젊은 두 친구의 웅변 지도, 개인적인 발표 준비, 분주한 날의 연속이다. 서로의 시간을 확인하고 경연 대회가 열리는 보문산 숲속공연장을 찾아가 연습을 했다.

은행동 으능정이 거리에서 자신감 훈련도 하면서 성실히 발표 준비를 했다. 여러 경험들을 통해 두 친구가 성장하는 기회가 되길 바랬다.

웅변대회에서 두 번 발표한 적이 있는 '유기견의 교훈' 이라는 주제로 발표 준비를 했다. 유기견들의 얘기를 보다 많은 사람들에게 알리고 싶었다. 청중에게 호소력 있는 연설을 하기 위해 유기견 보호소를 찾아갔다. 유기견들을 만나는 과정의 경험이 녹아

나온다면, 청중에게 유기견들의 사연이 더 잘 전달될 수 있을 거란 믿음 때문이었다.

대전에 위치한 유기견 보호소를 동생과 찾아갔다. 도착하자마자 낙후된 건물에 할 말을 잃었다. 이곳을 멀리서 바라보며 혼자 눈물 흘린 시간이 많아서인지 눈물이 나오지 않았다. 울고 있을 시간에 영리하게 도와줄 수 있는 방법을 찾아야 했다.

유기견들이 지내고 있는 방문이 열리자 사방에서 짖어대는 소리에 귀가 멍했다. 오늘 우리와 산책하게 된 볼스 테리어 라희, 부진이를 보며 콧등이 시큰해진다. 산책에서 돌아와 이모님과 대화하는 시간을 가졌다.

"사람은 힘들 때 사람이 돕기라도 하지만 말 못 하고 힘없는 동물들은 누가 도와줘요." 눈물 흘리며 사연을 털어놓는 이모님이셨다. 듣는 내내 가슴이 아팠다. 눈이 아픈 라희… 계속 진행되면 적출하게 될지도 모른다고 한다. 라희뿐만 아니라 치아가 없고 아픈 유기견들이 많다고 한다.

유기견들의 소리 없는 외침을 세상에 알리고 싶다. 이런 나의 목소리를 듣고 누군가 따뜻한 손길을 내밀어 줄지도 모르는 일이니까. 그래서 이곳의 유기견들이 편안하게 생활할 수 있고, 치료받을 수 있다면 더할 나위 없이 기쁘겠다. 나의 연설은 시작되었다….

"반려견은 평생을 함께 할 우리의 가족입니다. 책임감 없이 하나의 생명을 돌보려 한다면 지금 당장 그만두시기 바랍니다. 못생겨서 버려지고, 아프다고 버려지고, 시끄럽게 짖는다고 버려지고, 귀찮다고 버려지고, 노화로 병이 들어 버려지고, 버려지고, 버려지는 말도 안 되는 이유가 너무나도 많습니다. 정이든 반려견을 아무렇지 않게 버리는 어른들의 모습을 보고 과연 우리 아이들은 무엇을 배우며 자라날까요? 어른들을 보고 배우는 우리 아이들을 위해서라도 생명존중에 대한 마음의 자세를 달리 해야 한다고 이 연사 소리 높여 호소합니다."

성장할수록 주변을 도울 힘이 커지고 있다. 그래서 죽어도 성장하는 것을 멈출 수가 없다. 나와 내 가족, 주변에 있는 사람들이 행복해졌으면 좋겠고, 관심을 가지고 있는 곳에 도움이 되고 싶다.

마치는 글

- 지금까지가 아니라 지금부터다

이제 나는 내 과거가 중요하지 않다는 것을 안다. 지난 과거에 아파하고 뒤돌아 볼 시간에 주어진 하루를 감사해하고, 온 힘을 다해 살아가는 것이 현명한 방법이란 것을 잘 안다.

90% 돌아온 다리다. 사고 크기에 비하면 100% 돌아왔다고 생각해도 무방하다. 다리에 박혀 있는 철심 빼는 수술과 일 년이 넘는 재활 과정을 이겨준 나의 등을 두드려 주고 싶다.

생활이 어느 정도 안정되면 기부를 하겠다는 마음을 먹는다면 평생 가도 실천을 못할 것 같았다. 그래서 보상금으로 나온 6,000만 원 전액을 기부했다.

내 나이 서른아홉. 몇 차례 간헐적 공황발작이 찾아오는 고비도 있었지만, 지금은 공황장애에 대한 걱정을 하지 않고 건강하게 지내고 있다.

2018년 5월 20일, 용산 전국 웅변대회에서 애국가를 부르며 약속했다. 자신감 훈련 중이었던 버스 안에서 소란스러운 도전을 허락해 주시는 버스 승객 앞에서 약속했다. 으능정이 거리가 떠나가도록 마이크에 대고 대전시민 앞에서 약속했다. 김성동 스피치 인생대박훈련소 회원들 모두가 나의 꿈을 알고 있다. 더 큰 세상에 대고 외친다.

"공황장애 정예린 스타강사를 꿈꾸다."

***

머리가 아닌 가슴으로 읽어주길 바란다. 전사의 가슴을 가지고 있는 나를 응원하며 이웃, 사회, 국가, 인류, 하늘을 위해 공헌할 수 있는 일을 찾아 진짜 노력을 시작한다. 애국가를 부르며 나의 애기를 마무리한다.

1절
동해물과 백두산이 마르고 닳도록
하느님이 보우하사 우리나라 만세
무궁화 삼천리 화려 강산
대한 사람 대한으로 길이 보전하세

4절
이 기상과 이 맘으로 충성을 다하여
괴로우나 즐거우나 나라 사랑하세
무궁화 삼천리 화려 강산
대한 사람 대한으로 길이 보전하세

공황장애 정예린 스타강사를 꿈꾸다

초판 발행일 / 2021년 3월 22일
지은이 / 정예린
발행처 / 뱅크북
출판등록 / 제2017-000055호
주소 / 서울시 금천구 가산동 시흥대로 123 다길
전화 / 02-866-9410
팩스 / 02-855-9411
email / san2315@naver.com
ISBN / 979-11-90046-18-3 (03810)